www.ingramcontent.com/pod-product-compliance
Lightning Source LLC
LaVergne TN
LVHW010435070526
838199LV00066B/6041
9789369082360

افسانے عہدِ نو کے

(حصہ : ۱)

(رسالہ 'چہارسو' سے منتخب افسانے)

ادارہ چہارسو

Afsane Ahd-e-Nau ke - Part-1 *(Short Stories)*
by: Idara Chaharsu
Edition: March '2025
Publisher:
Taemeer Publications (Hyderabad, India)

ISBN 978-93-6908-236-0

کتاب	:	**افسانے عہدِ نو کے (حصہ:1)**
مرتب	:	**ادارہ چہار سو**
صنف	:	فکشن
ناشر	:	تعمیر پبلی کیشنز (حیدرآباد، انڈیا)
سالِ اشاعت	:	۲۰۲۵ء
صفحات	:	۵۶

فہرست

غمِ حسین کے سوا

اے خیام

ہنسی کی آواز سنائی دی تو فاطمہ نے ڈائری پر سے نظریں اُٹھا کر ان کی طرف دیکھا۔ اکبر اور سکینہ، اصغر کی کسی بات پر ہنس رہے تھے اور اصغر ان کی ہنسی کا سبب نہ سمجھ کر منھ کھولے دونوں کو باری باری حیرت سے دیکھ رہا تھا۔ فاطمہ کے ہونٹوں پر بھی مسکراہٹ رینگ گئی۔ لیکن فوراً ہی اس نے اُدھر سے نظریں ہٹالیں اور پھر ڈائری کے اوراق اُلٹنے پلٹنے لگی۔

خوشیاں ہمیں راس کہاں آتی ہیں!

اسے نانی امّاں کی کہی ہوئی بات اکثر یاد آتی جو کہا کرتیں......

''ہمارے لکھنؤ میں سوالی آواز لگاتے تھے...... اللہ تمھیں غمِ حُسین کے سوا کوئی اور غم نہ دے......!''

اور کسی کو ہنستے مسکراتے دیکھ کر وہ بھی زیرِ لب یہی دہرایا کرتی۔

سال شروع ہونے سے پہلے ڈاکٹر علی رضا تحفے میں ملنے والی کئی ڈائریاں اُسے لا کر دیتے۔ فاطمہ سال بھر میں ان سب ڈائریوں کو بھر دیتی۔ ڈاکٹر علی رضا خود ڈائری نہیں لکھتے تھے، لیکن فاطمہ ان ہی کی کہی باتوں کو ڈائری میں لکھتی رہتی۔ لکھی ہوئی ڈائریوں سے ایک لمبا شیلف اس کے بیڈ روم میں سجا ہوا تھا۔

ڈاکٹر علی رضا نے بس ایک بار اس سے پوچھا تھا:

''یہ آپ روزانہ ڈائری میں کیا لکھتی رہتی ہیں فاطمہ بی؟''

اس نے کہا تھا، ''بس آپ ہی کی باتیں...... میرے پاس کیا ہے کچھ لکھنے کو۔''

انھوں نے غور سے فاطمہ کو دیکھا تھا، لیکن پھر انھوں نے اس سے اس سلسلے میں کوئی بات نہیں کی تھی اور نہ ہی کبھی اس کی ڈائری دیکھنے کی خواہش کا اظہار کیا تھا۔ ان کا وہی معمول رہا۔ کھانے کی میز پر یا لان میں اس کے ساتھ چہل قدمی کرتے ہوئے وہ اسپتال کی باتیں، مریضوں سے متعلق کچھ عجیب و غریب سے واقعات، مریضوں کے لواحقین کے رویّے یا اسپتال میں اپنے کولیگ سے ہونے والی کسی گفتگو کا کوئی دلچسپ حصّہ اسے سناتے۔ فاطمہ کبھی کبھار کوئی سوال کر لیتی لیکن زیادہ تر وہ بہت توجہ سے ڈاکٹر علی رضا کی باتیں سنتی رہتی۔

شادی کے تیسرے سال جب اکبر پیدا ہوا تو لکھنے کے لیے اس کے پاس ڈاکٹر علی رضا کی باتوں کے علاوہ بھی کچھ باتیں شامل ہو گئیں۔ اور جب اکبر اسکول جانے لگا تو ڈاکٹر علی رضا نے کھانے کی میز پر اس سے کہا۔

''یاد ہے فاطمہ بی، میں نے ایک بار آپ سے پوچھا تھا کہ آپ ڈائری میں کیا لکھتی رہتی ہیں تو آپ نے جواب دیا تھا کہ بس آپ ہی کی باتیں...... میرے پاس کیا ہے کچھ لکھنے کو۔''

فاطمہ نے حیرت سے اسے دیکھا۔

''ہاں، شاید میں نے یہی کہا تھا۔ یہ اتنی اہم بات تو نہیں تھی، آپ کو کیسے یاد رہ گئی۔''

''یہ بہت اہم بات تھی فاطمہ بی۔ مجھے ایسا لگا تھا کہ آپ مجھ سے شکایت کر رہی ہیں کہ آپ کے کرنے کے لیے کچھ بھی نہیں۔ بے کار وقت گزاری کرتی رہتی ہیں۔ کوئی اہم کام آپ کے سپرد نہیں۔ گھر کے کام کاج نوکر نوکرانی نمٹا لیتے ہیں، لان کی دیکھ بھال مالی کر لیتا ہے، ہفتے میں ایک یا دو دن آپ خانہ داری کے سامان لینے ڈرائیور کے ساتھ چلی جاتی ہیں اور بس...... کچھ بھی ایسا نہیں جو آپ جیسی تعلیم یافتہ خاتون کرنا چاہے اور کر کے مطمئن ہو۔''

''نہیں ڈاکٹر صاحب۔ مجھے کوئی شکایت نہیں۔ میرے کس رویّے سے آپ نے ایسا سمجھ لیا۔ میں بالکل مطمئن اور خوش و خرم زندگی گزار رہی ہوں۔ ہاں شادی کے بعد سال ڈیڑھ سال میں کافی اُکتائی اُکتائی سی رہتی تھی لیکن اکبر میاں کی پیدائش کے بعد تو خاصی مصروفیت رہنے لگی ہے۔ میں بالکل ٹھیک ہوں۔''

ڈاکٹر علی رضا کچھ دیر خاموش رہے، پھر اس کی طرف دیکھ کر آہستہ آہستہ کہا۔

''فاطمہ بی، میں نے کچھ سوچا ہے اس بارے میں۔ ہر ہفتے جو میں غریبوں کے علاقے میں مفت علاج کے لیے کیمپ لگاتا ہوں، اس میں آپ بھی میرے ساتھ چلا کریں۔'' وہ مسکرائے، پھر بولے، ''آدھی ڈاکٹر تو آپ بن ہی چکی ہیں۔ میں مریضوں کو دیکھوں گا اور آپ ان کے لیے دوائیں تیار کر دیا کریں گی۔ میرا کچھ کام آپ بانٹ لیں گی تو میں زیادہ مریضوں کو دیکھ لیا کروں گا۔''

ڈاکٹر علی رضا نے اس کے چہرے کو دیکھا جس پر بے پناہ خوشیاں بکھر گئی تھیں۔ اسے محسوس ہوا تھا کہ وہ کچھ کہنا چاہ رہی ہے لیکن الفاظ کے انتخاب میں اسے دقت پیش آ رہی ہے۔

انھوں نے فاطمہ کی مشکل آسان کر دی۔

''تو طے ہوا کہ آپ میرے ساتھ اس فلاحی کام میں چلا کریں گی۔ دوائیں وغیرہ آپ خود اپنے ہاتھوں سے پیک کریں گی تاکہ وہاں ڈھونڈنے میں آسانی ہو۔''

ایسا نہیں تھا کہ فاطمہ کے لیے کرنے کو کچھ نہیں تھا، گھریلو کاموں کو سپروائز کرنے کے علاوہ گھر کے ایک حصّے میں بنے ہوئے ڈاکٹر علی رضا کی ڈسپنسری کی صفائی ستھرائی وغیرہ کی دیکھ بھال، پھر اکبر کی دیکھ بھال، اسکول کے لیے تیار کرنا، اسکول چھوڑنے جانا، پھر لے کر آنا، اسے کھلانا پلانا، اس کے ساتھ

کھیلنا اور پھر اسے پڑھانا۔ پھر عزیز و اقارب سے تعلقات قائم رکھنا بھی اس کی ایک سماجی ضرورت تھی کیونکہ ڈاکٹر علی رضا اپنی مصروفیت کے سبب خاندان کے افراد، عزیز و اقارب، سماجی تقریبات اور دوست احباب سے بالکل کٹ کر رہ گئے تھے۔ لیکن وہ ڈاکٹر علی رضا کی مصروفیت دیکھتی تو اسے اپنی مصروفیت بہت کم اور معمولی محسوس ہوتی۔ ڈاکٹر علی رضا صبح اسپتال جاتے، شام کو آ کر تھوڑی دیر لان میں اس کے ساتھ چہل قدمی کرتے، اکبر کے ساتھ کھیلتے اور پھر اپنی پرائیوٹ ڈسپنسری چلے جاتے۔ ڈھائی تین گھنٹے کے بعد آتے تو فاطمہ کے ساتھ کھانا کھاتے، باتیں کرتے، پھر سو جاتے۔ اسپتال سے چھٹی کے دن وہ مفت کیمپ لگاتے، دواؤں کی کمپنیوں سے وہ غریبوں کے لیے مفت دوائیں حاصل کرتے اور کبھی اپنی جیب سے بھی دوائیں خرید کر کیمپ میں مریضوں کو مہیا کر دیتے۔

اب فاطمہ کو کیمپ والے دن کا بے صبری سے انتظار رہتا۔ دواؤں کے حصول کی ذمہ داری اس نے اپنے سر لے لی تھی۔ پورے ہفتے وہ اس کام میں منہمک رہتی اور کیمپ والے دن گتے کے ایک بڑے ڈبے میں سامان رکھ کر وہ ڈاکٹر علی رضا کی اسسٹنٹ بن کر ان کے ساتھ چلی جاتی۔

ڈاکٹر علی رضا دور دراز علاقے میں، یا شہر کے مضافات میں غریبوں کی بستیوں میں کیمپ لگاتے۔ راستے بھر دونوں میں خوب باتیں ہوتیں۔ ڈاکٹر علی رضا حسبِ معمول اپنے تجربے اور مشاہدے اس کے گوش گزار کرتے اور فاطمہ توجہ سے ان کی باتیں سنا کرتی۔

ایک دن وہ کہنے لگے، ''آج کل حالات بڑے خطرناک ہوتے جا رہے ہیں فاطمہ بی۔ کوئی دن ایسا نہیں گزرتا کہ میرے کسی کولیگ کے ساتھ کوئی حادثہ پیش نہ آتا ہو۔''

''کیسا حادثہ......؟''

''وہی...... موبائل، روپے اور گھڑی چھیننے کی واردات وغیرہ۔''

''ہاں، یہ تو اب معمول بن گیا ہے۔ روزانہ ایسی خبریں سننے کو ملتی ہیں۔'' فاطمہ نے کہا۔

''ڈاکٹر ہاشمی کے ساتھ چار مرتبہ یہ حادثہ پیش آ چکا ہے۔

''وہ تو پریشان ہو گئے ہوں گے۔''

''کہہ رہے تھے کہ اگلی بار ایسا کچھ ہوا تو وہ ان سے بھڑ جائیں گے۔ میں نے انھیں سمجھایا کہ ایسا کرنا خودکشی کے مترادف ہوگا۔ وہ لوگ اسلحہ رکھتے ہیں، آپ نہتے ان سے بھڑ کر کیا کرلیں گے۔''

''بالکل درست۔ موبائل، پیسے، گھڑی کے بدلے میں جان تو بخش دی جاتی ہے۔''

دونوں میں زیادہ تر باتیں سفر کے دوران ہی ہوتیں۔ ڈاکٹر علی رضا ایک دن ہنستے ہوئے کہنے لگے۔

''مجھے پتہ چلا کہ ڈاکٹر مالک لُٹ گئے ہیں تو میں ان سے ہمدردی کرنے چلا گیا۔ میں نے کہا ڈاکٹر مالک! مجھے پتہ چلا ہے کہ آپ کے ساتھ کوئی حادثہ پیش آ گیا تھا۔ آپ نے کچھ بتایا نہیں۔ جانتی ہو کیا کہا انھوں نے، کہنے لگے یار ڈاکٹر علی رضا، اس میں بتانے کی کیا بات ہے۔ یہ تو روزانہ کا معمول ہے۔ بھئی آج ہم، کل تمھاری باری ہے۔ روزانہ ہم میں سے کسی نہ کسی کے ساتھ ایسا حادثہ پیش آتا رہتا ہے۔ اس میں نہ کسی حیرت کی بات ہے نہ دہشت زدہ ہونے کی۔ آپ بغیر کسی چوں چرا کے روپے، موبائل اور گھڑی ان کے حوالے کر دیں اور جان بچا کر گھر آ جائیں۔''

فاطمہ نے تشویش کے ساتھ ڈاکٹر علی رضا کی طرف دیکھا تو وہ بولے۔

''ڈاکٹر مالک کے ساتھ ایسا تیسری بار ہوا تھا۔'' پھر کچھ دیر بعد بولے، ''شکر ہے میں اب تک بچا ہوا ہوں۔''

فاطمہ نے کوئی جواب نہیں دیا۔ اس نے اپنی پریشانی کا اظہار نہیں کیا۔

''بھئی آپ پریشان ہوں گی فاطمہ بی تو میں ایسی خبریں آپ کو نہیں دیا کروں گا۔''

''نہیں نہیں، میں پریشان کیوں ہوں گی۔ اگر کبھی...... کبھی ایسا ہو آپ کے ساتھ...... مزاحمت نہ کیجیے گا۔ ڈاکٹر مالک ٹھیک کہتے ہیں۔''

''ہاں، مزاحمت کا کیا سوال۔''

ایسے ہی ایک سفر کے دوران ڈاکٹر علی رضا نے کہا۔

''جانتی ہیں فاطمہ بی۔ ایک ٹریفک سگنل پر ڈاکٹر پنجوانی کو ایک موٹر سائیکل سوار ایک لفافہ پکڑا کر چلا گیا۔ وہ حیرت سے موٹر سائیکل سوار کو جاتے ہوئے دیکھتے رہے۔ حیرت کے اثر سے نکلے تو لفافہ کھولا۔ اس میں ایک پرچی تھی اور ایک......''

''کیسی پرچی؟ اور دوسری کیا چیز تھی؟'' فاطمہ نے پوچھا۔

''پرچی میں ایک بڑی رقم کا مطالبہ تھا اور دوسری چیز تھی بندوق کی ایک گولی۔''

''یعنی...... یعنی...... رقم نہ دینے کی صورت میں......'' فاطمہ کی پیشانی پر پسینے کی بوندیں نمودار ہو گئیں۔

''جی......'' ڈاکٹر علی رضا نے کہا۔ ''حالات اتنے ہی خراب ہو چکے ہیں۔''

اس دو ڈھائی مہینے کے عرصے میں ڈاکٹر علی رضا بھی دو مرتبہ لُٹ چکے تھے۔ پہلی بار تو کئی دنوں تک دہشت زدہ سے رہے۔ دوسری بار جب وہ گھرے گئے تو انھوں نے بغیر کچھ کہے سنے اپنی گھڑی اُتار کر ان لوگوں کی طرف بڑھا دی، پھر موبائل فون دیا اور آخر میں پتلون کی جیب سے والٹ نکال کر اس میں سے ساری رقم نکال کر ان کی طرف بڑھا دیا اور والٹ دکھاتے ہوئے بڑے

رسان سے بولے۔

''اس میں میرا شناختی کارڈ اور دوسری چیزیں ہیں، یہ میں رکھ رہا ہوں۔''

ان لوگوں نے کچھ نہیں کہا اور اسٹارٹ موٹر سائیکل کو گیئر میں ڈال کر فراٹے بھرتے ہوئے سیکنڈوں میں نظروں سے اوجھل ہو گئے۔

یہ سب واقعے ڈاکٹر علی رضا نے اسے سنائے تو وہ دعائیہ انداز میں ہاتھ اُٹھا کر بولی۔

''مولا آپ کو اپنی امان میں رکھیں...... خدایا...... غمِ حسین کے سوا ہمیں کوئی اور غم نہ دیجئے گا۔''

''آپ تو پریشان ہو گئیں فاطمہ بی۔ اب ان چیزوں سے خوف زدہ ہونے کی کوئی ضرورت نہیں۔ آپ ان کا مطالبہ پورا کر دیں، آپ کی جان بخش دی جائے گی۔ اب تو معاملہ اس سے بھی آگے بڑھ گیا ہے جو ڈاکٹر پنجوانی کے ساتھ ہوا تھا۔''

''کیا ہوا تھا...... اچھا، ہاں، رقم یا گولی.....'' فاطمہ اُلجھ کر بولی، ''لیکن اس سے آگے اب اور کیا ہوگا!''

''اب آپ کی شناخت آپ کی دشمن ہو گئی ہے۔ آپ کا مسلک، عقیدہ اور مذہب اگر ان سے مختلف ہے تو آپ کی بخشش نہیں ہو سکتی۔''

''کیا مطلب...... ہم......'' وہ گڑبڑا گئی۔

''خود ہی سمجھ لیجیے فاطمہ بی۔ آپ تو بہت ذہین ہیں۔'' ڈاکٹر علی رضا نے کہا۔

''آپ تو مجھے ڈرا رہے ہیں۔''

''میں ڈرا نہیں رہا ہوں۔ آپ کو ہوشیار کر رہا ہوں۔ چوکنا کر رہا ہوں۔''

''لیکن ہم تو...... ہمارا تو کسی سے اختلاف نہیں۔ ہم تو سب کی فلاح کے لیے کوششیں کرتے رہتے ہیں۔ کسی مسلک، کسی عقیدے، کسی مذہب کو مدنظر نہ رکھ کر......''

''بالکل درست۔ لیکن کچھ لوگ ہمارے اس رویے سے بالکل متاثر نہیں۔''

''نہیں، ہمارے ساتھ کوئی بُرا سلوک نہیں کرے گا۔ جب ہم سب کے لیے......''

''چھوڑیے فاطمہ بی، آنکھیں بند کر لینے سے خطرہ ٹل نہیں جاتا۔ میں یہ سب آپ کو اس لیے بتاتا رہتا ہوں کہ ان دنوں ہر طرح کے حالات کا سامنا کرنے کے لیے تیار رہنا چاہیے۔ آپ نے تو اخبار پڑھنا چھوڑ دیا، ٹی وی پر خبریں نہیں دیکھتیں، لیکن پھر کہوں گا کہ آنکھیں بند کر لینے سے خطرہ ٹل نہیں جاتا۔''

''اب چھوڑیے بھی ڈاکٹر صاحب۔ مولا ہماری حفاظت کریں گے۔''

ڈاکٹر علی رضا نے پھر کچھ نہیں کہا۔

ایک کیمپ والے دن فاطمہ کو اکبر کے اسکول جانا پڑ گیا، پیرنٹس ٹیچر میٹنگ کے سلسلے میں۔ وہاں دیر ہونے لگی تو اس نے ڈاکٹر علی رضا کو فون پر بتا دیا کہ وہ آج ان کے ساتھ نہیں جا سکے گی، اسکول میں خاصی دیر ہو جائے گی۔

اسکول سے وہ اکبر کو لے کر گھر آئی تو اسے بڑی تکان محسوس ہوئی۔ پاؤں جیسے من من بھر کے ہو رہے تھے حالانکہ اسکول میں زیادہ وقت بیٹھے بیٹھے ہی گزرا تھا۔ اس نے اکبر کے کپڑے تبدیل کیے اور کچن میں کچھ کھانے کا بندوبست کرنے چلی گئی۔ اس نے اکبر کو آواز دینا چاہا لیکن اس سے پہلے ہی گھر کے ٹیلی فون کی گھنٹی بج اٹھی۔ وہ بھاری قدموں سے اس طرف گئی اور ریسیور اٹھایا۔ اس نے صرف ہیلو کہا تھا اور پھر کچھ نہ بول سکی تھی۔ وہ سنتی رہی اور دوسری طرف سے بات ختم ہو جانے کے باوجود کافی دیر ریسیور اٹھائے کھڑی رہی۔ پھر دھم سے نیچے فرش پر بیٹھ گئی۔

پولیس، اسپتال، پوسٹ مارٹم اور دیگر تمام قضیے کو فاطمہ اور ڈاکٹر علی رضا کے قریبی رشتہ دار نبٹاتے رہے۔ چند دنوں بعد جب وہ کچھ سوچنے سمجھنے کے قابل ہوئی تو اس کی توجہ اکبر کی طرف دلائی گئی اور مزید چند دنوں کے بعد وہ کسی فیصلے پر پہنچ کر اٹھ کھڑی ہوئی۔ ڈسپنسری والے حصے کو خالی کر کے صفائی کروائی۔ نوکر نوکرانی کو بلا کر فاطمہ نے کہا۔

''اب مجھ میں اتنی صلاحیت نہیں کہ تم لوگوں کی تنخواہیں ادا کر سکوں۔ مجھے نہیں معلوم کہ اکبر کی پرورش کس طرح ہوگی۔ ایسی صورت میں تم لوگ کہیں اور ملازمت تلاش کر لو۔ میرے ذمے جو کچھ ہے وہ میں ادا کر دوں گی۔''

انیکسی بھی خالی ہو گئی تو اس نے ایک اسٹیٹ ایجنٹ کے ذریعہ انیکسی اور ڈسپنسری والا حصہ کرائے پر اُٹھا دیا۔ اس نے حساب لگایا کہ کرائے کی رقم سے گزر بسر ہو سکتی ہے۔ اس نے اکبر کی عمر پر غور کیا کہ اسے ڈاکٹر بننے میں کتنے سال لگیں گے۔ گویا ابھی چودہ پندرہ سال اسے اور زندہ رہنا پڑے گا۔ اس نے سوچا اتنا عرصہ وہ ڈاکٹر علی رضا کے بغیر کس طرح زندہ رہ پائے گی!

لیکن وہ زندہ رہی اور سب کچھ اسی طرح ہوا جس طرح اس نے اور ڈاکٹر علی رضا نے اکبر کے لیے سوچا تھا۔

تعلیم کی تکمیل اور ہاؤس جاب کے بعد اکبر کو اسی اسپتال سے تقرری کا پروانہ مل گیا جہاں ڈاکٹر علی رضا متعین تھے۔ وہ چاہتا تھا کہ جلد از جلد اپنی امی کے پاس پہنچے اور ان کے ہاتھوں میں تقرری کا خط رکھ دے۔ لیکن وہ تنہا نہیں تھا، اس کے ساتھ سکینہ بھی تھی۔

''امّی اس لفافے کو کھولیں۔''

''کیا ہے اس میں؟'' فاطمہ نے لفافہ لیتے ہوئے پوچھا اور سکینہ

کی طرف دیکھا۔

''پہلے آپ لفافہ کھولیں، پھر ان سے تعارف کرواؤں گا۔'' اکبر جھینپتا ہوا بولا۔

فاطمہ نے لفافہ کھولا، تقرری کا خط پڑھا اور پڑھ کر بھی خط اس کی نظروں کے سامنے رہا۔

آنکھوں میں آنسو بھر آئے تھے، اس نے سکینہ کا ہاتھ پکڑ کر اسے اپنے پاس بٹھالیا۔

دوپٹے سے آنسو پونچھتے ہوئے اس نے اکبر کا سر اپنے قریب لا کر اس کی پیشانی چوم لی۔

''اللہ تمھیں غمِ حُسین کے سوا کوئی اور غم نہ دے۔''

''امّی یہ......'' اکبر نے کہنا چاہا۔

''میں خود پوچھ لوں گی اس سے۔ تم کچھ مت بتاؤ۔''

اکبر مسکراتا ہوا اپنے کمرے کی طرف چلا گیا۔ فاطمہ نے سکینہ کا ہاتھ اپنے ہاتھ میں لے رکھا تھا۔

سکینہ ابھی ہاؤس جاب کر رہی تھی۔ وہ میڈیکل میں اکبر سے دو سال جونیئر تھی، ہاؤس جاب میں دونوں کا ساتھ رہا اور اچھی انڈر اسٹینڈنگ ہوگئی۔

سکینہ مہینے میں دو تین بار فاطمہ سے ملنے آجاتی۔ دونوں گھرانوں میں بھی آنا جانا ہوگیا۔ سکینہ کی تقرری کے ایک سال بعد دونوں کی شادی ہوگئی۔ دونوں جاب سے منسلک رہے، دو سال کے بعد جب اصغر پیدا ہوا تو سکینہ نے لمبی چھٹی لے لی۔

فاطمہ نے شہر کے حالات میں کوئی تبدیلی نہیں دیکھی۔ اس کے خیال میں حالات بد سے بدتر ہوتے جارہے تھے۔ وہ خود بھی خوف زدہ رہتی اور یہی محسوس کرتی کہ پورا شہر دہشت زدہ ہے۔ وہ اگر بازار جاتی تو کام نبٹا کر جلد از جلد گھر لوٹ آتی۔ اس نے اکبر اور سکینہ کو بھی ایسی ہی تنبیہ کررکھی تھی۔

ایک دن اکبر نے کہا، ''امی آپ بتارہی تھیں کہ ڈسپنسری والے حصّے کے کرائے دار جارہے ہیں؟''

''ہاں انھوں نے ایک مہینے کا نوٹس دے رکھا ہے۔'' فاطمہ نے کہا۔

''امی، اب اسے کرائے پر نہ اٹھائیں۔ میں اور سکینہ اس میں نجی ڈسپنسری قائم کریں گے۔ اصغر یوں بھی زیادہ تر آپ ہی کے پاس رہتا ہے۔ ہم لوگ انتظام کرلیں گے۔''

فاطمہ نے ایک لمحے کو سوچا، پھر آہستہ سے سر ہلا دیا۔

''ٹھیک ہے، جیسا تم لوگ مناسب سمجھو۔''

ڈسپنسری قائم ہوگئی تو کچھ دنوں بعد اکبر اور سکینہ اس کے پاس آ بیٹھے۔ فاطمہ کو لگا کہ دونوں کچھ کہنا چاہ رہے ہیں۔

''کیا بات ہے، کچھ کہنا چاہ رہے ہو تو کہہ ڈالو۔ جھجک کیوں رہے ہو۔''

اکبر اور سکینہ نے ایک دوسرے کو دیکھا، پھر اکبر بولا۔

''امی، ہم لوگ ہفتے میں ایک دن فری کیمپ لگانا چاہ رہے ہیں، مضافات میں، جہاں طبی سہولتیں بہت کم ہیں یا بالکل مفقود ہیں۔''

فاطمہ کو چکّر سا آنے لگا...... بالکل اپنے باپ کے نقشِ قدم پر......اس نے چاہا کہ انھیں اس کام سے روک دے لیکن اکبر بول اٹھا۔

''امّی، ان غریبوں کا بھی ہم پر حق ہے۔ انھیں ہم تھوڑی سی طبی سہولت مہیا کردیں تو کیا حرج ہے۔''

''بیٹے کوئی حرج نہیں۔ بہت اچھا اور نیک خیال ہے۔ لیکن کیا حالات ایسے ہیں کہ دور دراز کا سفر کیا جائے، مضافاتی بستیوں میں فلاحی کاموں کے لیے پہنچا جائے، زیادہ سے زیادہ گھر سے باہر رہا جائے......'' فاطمہ نے آہستہ آہستہ کہا۔

''امّی سارے کام ہو رہے ہیں نا انھیں حالات میں۔ اور پھر آپ اور ابّو بھی تو یہ سب کرتے رہے ہیں۔''

''اس کا انجام دیکھ لیا نا تم نے...... تم بہت چھوٹے تھے اس وقت......'' فاطمہ کی آواز رُندھ گئی۔

''میں جانتا ہوں امّی۔ بڑی جدو جہد کی ہے آپ نے۔ لیکن جس انجام کا آپ کو سامنا کرنا پڑا وہ آپ کے فلاحی کاموں کی وجہ سے نہیں......آپ اچھی طرح سمجھتی ہیں۔''

فاطمہ رونے لگی۔ سکینہ اس کے اور قریب ہوگئی۔

''اچھا ٹھیک ہے امّی، ہم فری کیمپ کا پروگرام موخر کردیتے ہیں۔''

''نہیں بیٹے، تم لوگ ضرور فری کیمپ لگاؤ۔ اس ماحول میں تھوڑا سا اچھا کام بھی ہوتا رہے تو امید کا دِیا روشن رہے گا۔''

سکینہ اس کے گلے سے لگ گئی۔ اکبر نے بھی اس کا ہاتھ اٹھا کر چوم لیا۔

فاطمہ گم صم رہی......کیا سب کچھ ویسے ہی ہوگا......سب کچھ!!

گھر کا اور گھر کے افراد کا معاملہ کسی حد تک ٹھیک ٹھاک ہی تھا۔

چھوٹی چھوٹی وارداتوں کے شکار اکبر اور سکینہ دونوں ہوتے رہے۔ لیکن اسپتال کی ملازمت بھی ٹھیک چل رہی تھی اور مکان کے ملحقہ حصے میں 'ڈاکٹر علی رضا میموریل کلینک' بھی جم گئی تھی۔ انیکسی میں ملازمین رہنے لگے تھے اور دادی کے چہیتے اصغر میاں اسکول جانے لگے تھے۔

فاطمہ کو فرصت ملتی تو اپنی ڈائری الٹ پلٹ کرنے لگتی۔ پڑھی ہوئی چیزیں پھر پڑھتی۔ کچھ لکھ بھی لیتی۔

اور ایک دن پھر گھر کے ٹیلی فون کی گھنٹی بجی۔ فاطمہ نے کچھ دیر دیکھا، پھر اٹھ کر ٹیلی فون کے پاس پہنچی۔ دوسری طرف سکینہ تھی۔

''امّی، ہمیں کچھ دیر ہوجائے گی......گھبرائیے گا نہیں......سب ٹھیک ہے امّی...... پریشانی کی کوئی بات نہیں......آپ سن رہی ہیں نا میری بات......''

فاطمہ کو کچھ عجیب سا لگا۔ دیر تو انھیں اکثر ہو جاتی تھی لیکن کبھی اس طرح نہیں بتایا تھا۔ پھر سکینہ کی آواز......

''اونہہ.....'' اس نے سر جھٹکا''میں بہت وہمی ہو گئی ہوں...... ہر وقت خوف زدہ...... مشکوک......'' اس نے اپنے آپ سے کہا۔

اس نے کارٹون دیکھتے ہوئے اصغر کو اپنی گود میں سمیٹ لیا۔

بار بار اس کی نظریں گھڑی کی طرف اٹھتیں۔ وہ بہت بے چینی سی محسوس کر رہی تھی۔

اسے باہر کچھ ہلچل سی محسوس ہوئی تو وہ اٹھ کر برآمدے میں آ گئی۔ اصغر نے اس کے دوپٹے کا پلّو پکڑ رکھا تھا۔

اکبر کی کار اسے نظر نہیں آئی۔ ایک ایمبولینس موجود تھی۔ اسے غیر متوقع طور پر کئی قریبی رشتہ دار بھی نظر آئے۔

اگلے لمحے سکینہ ایمبولینس سے باہر نکلی اور بھاگتی ہوئی آ کر فاطمہ سے لپٹ گئی۔

فاطمہ بے حس و حرکت کھڑی رہی۔

''امی......'' سکینہ سسک رہی تھی۔

''لو...... اصغر کو سنبھالو......'' سکینہ کو فاطمہ کی آواز بہت دور سے آتی ہوئی سنائی دی۔ ''میں نے اپنی باری کر لی...... اب تمھاری باری ہے۔''

دھوپ کی تپش

سید سعید نقوی

آج بھی وہ اپنے مقررہ وقت پر ہی آئے۔ اس میں حیرت کی کوئی بات نہیں تھی۔ بچپن سے ہی میں نے سیکھ لیا تھا کہ وہ جس وقت کا وعدہ کرتے ہیں اسی وقت پہنچ جاتے ہیں۔ اس سے پہلے ان کی آمد کی امید رکھنا عبث ہے۔ یہ ضرور ہے کہ کبھی کبھی ایک خوشگوار حیرانگی لئے بغیر اطلاع کے بھی پہنچ جاتے ہیں۔ آج بھی اپنے مقررہ وقت پر ہی پہنچ گئے۔ دسمبر کی یخ بستہ شام ان کی گاڑی ڈرائیووے میں داخل ہوئی تو میں صدر دروازے پر ان کا منتظر تھا۔ بڑھ کر ان سے بغل گیر ہوا تو لگا کہ اپنے آپ سے مل رہا ہوں۔ ان کا سامان ان کے ہاتھ سے لے لیا۔

جب سے وہ تنہا رہ گئے تھے ان کا یہی وطیرہ تھا۔ سال میں دو تین بار چند ہفتوں کے لئے میرے پاس آ جاتے۔ خاص طور پر دسمبر کے کرسمس کے دوران تو ضرور آتے کہ نیویارک میں کرسمس کا موسم بہت زندہ اور جیتا جاگتا ہوتا ہے۔ ویسے تو جب ہمارا گھر بہت بھرا پرا تھا مجھے وہ اس وقت بھی بہت تنہا لگتے، اپنے وقار اور سربراہی میں تنہا۔ پھر اولادیں جوان ہو کر گھونسلہ چھوڑ گئیں، لیکن جس مکان میں وہ گزشتہ تیس سال سے رہ رہے تھے اُسے چھوڑ کر کسی کے ساتھ منتقل ہونے کو تیار نہیں تھے۔

"آیئے، یہاں آتشدان کے سامنے آجایئے۔ میں نے اسے آپ کے انتظار میں پہلے ہی دہکا دیا تھا"

"ہاں بھئی سردیوں میں آتشدان کے سامنے پیر پسارے، کافی پینے، اور کچھ نہ کرنے کا مزہ ہی کچھ اور ہے۔" وہ ہنس کر بولے۔ میں پہلے ہی کافی مشین میں پانی بھر کر اس کا پلگ لگا رہا تھا۔ بیٹھک میں نشست کی ترتیب کچھ یوں تھی، کہ آتشدان ان کے صوفے کے داہنے ہاتھ پر تھا، سامنے ٹی وی چل رہا تھا۔ جب کہ بائیں ہاتھ پر کھینچ کر کھولنے والا بڑا فرنچ دروازہ مکان کے عقب میں میرے چھوٹے سے باغ میں کھلتا تھا۔

"بھئی یہ پردہ ہٹاؤ، تمھارے باغ کے درختوں پر بھی برف دیکھیں۔"

"بس ابھی کافی بنا کر ہٹاتا ہوں۔ آتش دان کی گرمی زیادہ تو نہیں، آپ موزے اتار دیجئے" میں نے ان کے موزے میں تلوے کی سمت سوراخ پر کوئی تبصرہ نہیں کیا۔ سچ تو یہ ہے کہ سوراخ دیکھ کر میں نے ایک سکون کا سانس لیا تھا کہ سب ٹھیک ہے۔

"ابھی تک تو حرارت اچھی لگ رہی ہے۔ کچھ دیر میں موزے پگھلنے لگیں گے تو اتار دوں گا۔ پچھلے سال تمھارے ہاں کی گرمی سے ہی موزے میں سوراخ ہوا تھا۔ یادگار کے لئے رکھ چھوڑا ہے" لیجئے مجھے یقین ہو گیا کہ سب ٹھیک ہے،، کچھ بھی نہیں بدلا۔ "اور بھئی سچ بات تو یہ ہے کہ ہمیں کبھی پتا ہی نہیں چلا کہ کتنی آنچ ٹھیک ہوتی ہے۔ ابھی اچھا لگ رہا ہے، کچھ ہی دیر میں یہی حرارت بری لگنے لگے گی۔ حالانکہ کمرے کا درجہ حرارت تو اتنا ہی ہوگا۔ یہ تو اطراف سے باہمی اختلاط کا مسئلہ ہے میاں" مجھے ان کا لہجہ معانی خیز لگا۔

میں نے جواب نہیں دیا۔ ان کی کافی بہت آسان ہوتی ہے۔ نہ شکر کی جھنجھٹ، نہ دودھ کا مسئلہ۔

"میاں اچھائی میں ملاوٹ نہیں کیا کرتے" وہ مجھے چھیڑتے۔ ان کی دیکھا دیکھی میں نے بھی کافی میں شکر ڈالنا تو چھوڑ دی تھی، لیکن دودھ کی ملاوٹ ابھی باقی تھی۔ مگ میں کافی انڈیل کر انہیں پکڑا دیا، اور فرنچ دروازوں کے سامنے پڑا پردہ ہٹا دیا۔ وہ کرسی سے اٹھ کر میرے ساتھ آ کھڑے ہوئے۔

"بھئی ماننا پڑتا ہے کہ کم از کم باغ تو تم سلیقے سے رکھتے ہو" یہ ان کی گفتگو کا ایک خاص انداز تھا جیسے چھیڑ رہے ہوں۔ اب دیکھئے یہاں "کم از کم" بالکل بلاضرورت ہے یا نہیں۔ غیر آلودہ تعریف نہیں کرتے۔ اس 'کم از کم' میں جو بلاغت ہے اس سے ان کی اولاد خوب واقف ہے۔

"ارے یہ سیب کے درخت کے گرد تم نے ربن باندھ رکھی ہے۔ یہ وہی ہے ناں جو میں نے پچھلی بار بھی دیکھی تھی" انہوں نے استعجابیہ استفسار کیا۔

بچپن میں کبھی مجھے عادت پڑ گئی تھی کہ جب کسی نئی الجھن کا سامنا ہوتا تو اپنے پچھواڑے کے درخت پر ایک ربن باندھ دیتا۔ پہلے وہاں باندھتا رہا جہاں اب وہ رہتے تھے، میں نے اپنا علیحدہ گھر تو بنا لیا لیکن یہ عادت نہ گئی۔ وہ الجھن خواہ امتحان کی ہوتی یا نوکری کی، یا کسی نئے منصوبے کی۔ کبھی تو ایک ہی ہفتے میں کئی ربنیں بندھ جاتیں اور کبھی مہینوں کوئی نئی ربن نہیں بندھ پاتی۔ جلد یا بدیر، اپنے تئیں، جب وہ معمہ سلجھ جاتا تو ربن بھی کھل جاتی۔ وہ میری اس کمزوری کے عادی تھے۔ حیرت کی بات یہ تھی کہ انہوں نے ہمیشہ اس کی حوصلہ افزائی کی۔

"جی، یہ وہی ربن ہے، آپ پچھلی بار ستمبر میں آئے تھے جب سے ہی بندھی ہے" میں نے کچھ جھینپ کر اقرار کیا۔ گویا یہ اپنی شکست کا اقرار تھا۔

"اب تک کھلی کیوں نہیں۔ بات کریں؟" ان کی اس دعوت میں یہ خواہش مخفی تھی کہ میں اس الجھن پر ان سے بات کروں، گویا خود سے بات کروں، اس گفتگو میں شاید کوئی راستہ نکل آئے۔

"ابھی میں تیار نہیں ہوں" میں نے ہچکچاتے ہوئے جواب دیا۔

"ٹھیک ہے مجھے بھی کوئی جلدی نہیں۔ بہت کم ہی کوئی ربن میں نے اتنا طویل عرصہ بندھی دیکھی ہے۔ لیکن اس میں تمھاری مستقل مزاجی کا قصور نہیں بلکہ کامیابی کے تناسب کی سند ہے" انہوں نے چٹکی لی۔

''آپ کو اس پر حیرت نہیں کہ کبھی کبھی تو کوئی ربن مہینوں نہیں بندھتی، کبھی ایک ہی دن میں دو بندھ جاتی ہیں۔کوئی ربن تو چند روز میں ہی اُتر جاتی ہے تو کبھی سال بھر بھی لگی رہی ہے'' مجھے اپنے لہجے میں شکوے پر حیرت اور ندامت محسوس ہوئی۔

''بھئی وقت خود اپنے قابو نہیں آتا تو ہمارے قابو کیسے آئے گا۔ہمیں تو وقت کا ادراک بس اتنا ہی ہے کہ جیسے یہ ناپنے کا کوئی آلہ ہو۔ یہاں سے وہاں تک چھ فٹ، کل سے آج تک چوبیس گھنٹے، اور بس۔''

''سچ پوچھیں تو مجھے تو اس وقت پر بہت غصہ آتا ہے''

''کیوں؟'' وہ مسکرائے

''جس چیز پر کوئی اختیار نہیں ہو، لیکن جس کے تعاقب میں زندگی گزر رہی ہو اس پر غصہ نہیں آئے گا؟''

''تعاقب میں کہاں۔ ابھی کتنے پچاس کے ہی تو ہوئے ہو۔ مجھے یاد ہے جب تم میڈیکل اسکول سے فارغ ہوئے تھے تو تمھارا خیال تھا کہ تم وقت کے آگے آگے بھاگ رہے ہو!''

''صحیح کہہ رہے ہیں آپ۔ یہی تو رونا رو رہا ہوں۔ اس وقت کا خیال کتنا دلفریب لیکن خام تھا۔ میں سمجھ رہا تھا کہ پچاس کے قریب پہنچ کر معاملات زیادہ سمجھ میں آنے لگیں گے۔ وقت، مذہب، وجود سب الجھنیں واضح ہونے لگیں گی۔ مگر اب تو لگتا ہے معاملہ کچھ اور بگڑ گیا ہے۔''

''ہاں میاں'' انہوں نے ٹھنڈی سانس بھری ''یہی کہہ سکتا ہوں کہ سمجھ لو تم اکیلے نہیں ہو۔تو کیا معاملہ محض اختیار کا ہے؟''

''نہیں اختیار تو دور کی بات، یہاں تو نیم اختیار بھی نہیں۔ میں نے تو ہار مان کر برسوں پہلے صرف حال میں ہی جینا شروع کر دیا تھا؟''

''بھئی یہ تو بہت زیادتی ہے، کچھ مستقبل کا بھی تو حق ہے تم پر!'' آپ نے اگر ان کے ساتھ عمر گزاری ہوتی تو آپ سمجھ جاتے کہ اس سوال کا جواب تھا ان کے پاس۔ یہاں محض مقصد یہ تھا کہ وہ اس گفتگو پر مزید گفتگو کے خواہاں ہیں۔

''بھئی مستقبل میں تو بہت دور دور تک امکانات ہیں، یہاں تو کل صبح بلکہ اگلے پل کا بھی نہیں پتہ، تو اس کا مجھ پر کوئی حق ہونا زیادتی ہے۔''

''میں اس پر تم سے متفق نہیں۔ بظاہر سطحی طور پر بات صحیح کہہ رہے ہو، لیکن میں چاہتا ہوں خود ہی سوچو''۔

مجھے خیال ہی نہیں رہا کہ ہم کتنی دیر سے دروازے کے پاس کھڑے باہر دیکھ رہے ہیں، وہ یقیناً تھک گئے ہوں گے۔

''آیئے آتشدان کے پاس بیٹھتے ہیں۔ ہو سکتا ہے اس دفعہ حرارت سے آپ کا موز ارفو ہو جائے'' اب موقع تھا کہ میں بدلہ چکا دیتا۔

''ہوں'' انہوں نے سن کر میرے شانے پر ہاتھ مارا اور وہیں رہنے دیا۔ہم اسی طرح صوفے کی طرف بڑھ گئے اس سے جہاں محبت، قربت اور یگانگت مقصود تھی وہیں میری خود اعتمادی کو بڑھاوا دینا بھی شامل تھا۔ پہلے ایسی باتیں میری سمجھ میں نہیں آتی تھیں۔ وہ اکثر غیر ضروری طور پر مجھ پر یوں انحصار کرنے لگتے کہ مجھے حیرت ہوتی کہ سب تو یہ خود کر سکتے ہیں۔مگر جب عمر پچاس کے قریب ہونے لگتی ہے تو فہم و ادراک کی نئی کھڑکیاں روشن ہونے لگتی ہیں۔ میرے خیال میں ذہن میں کچھ خلیئے ایسے پروگرام کیئے گئے ہیں کہ وہ عمل پذیر ہونے کے لئے کم از کم چالیس سال کا وقفہ مانگتے ہیں۔

''آپ کا پسندیدہ پروگرام آرہا ہے'' Everybody loves Raymond''، لگا دوں ٹی وی۔''

''بالکل لگا دو، نیکی اور پوچھ پوچھ۔تمھارے ساتھ دیکھوں گا تو اور مزا آئے گا''۔غریب الوطنی میں انہیں ٹی وی پر مزاحیہ پروگرام ہی زیادہ پسند آتے۔''بھئی رونے دھونے کے لئے پچھلی کدورتیں کم ہیں کہ نئے پنڈورے کھول لوں۔'' وہ بیزاری سے کہتے۔

کھانا کھا کر ہم دونوں دیر تک باتیں کرتے رہے۔میرا تو سارا ماضی ان کے ساتھ مشترک تھا۔ہم نے خوب پچھلے قصے دہرائے۔ان کا بستر میں نے اپنے برابر والے کمرے میں ہی کر دیا تھا۔ان کے سرہانے پانی کا گلاس رکھ کر میں نے انہیں شب بخیر کہا۔

''کسی چیز کی ضرورت ہو تو مجھے آواز دے دینا۔''

''نہیں کل ہفتہ ہے، تمھاری بھی چھٹی ہے، آرام سے اٹھنا۔ بہت دنوں سے تمھارا کوئی افسانہ بھی نہیں پڑھا۔ بلکہ صبح خود مجھے سنانا۔''

سارا زمانہ افسانہ پڑھ لے۔ بڑے جید نقاد بھی داد دے دیں تو وہ مزا نہیں ملتا جو ان کے چند الفاظ سے ملتا تھا۔نہ معلوم کیوں۔شاید ان کی آواز میں مجھے خود اپنی رائے کی بازگشت سنائی دیتی تھی۔لکھتا تو آدمی اپنے لئے ہی ہے۔ اوروں کو دھوکہ دینا تو آسان ہے، خود کو دھوکہ دینا ایک اور ہی فریب ہے۔ میں ذہن میں اپنے نئے لکھے افسانوں میں سے بہترین کا انتخاب کرنے لگا۔وہ نہیں اس میں تو کچھ جھول تھا، اچھا تو پھر وہ، نہیں اس کا اختتام تو پہلے ہی پتہ چل جاتا ہے۔کسی چھوٹے بچے کی مانند ذہن کے کسی گوشے میں وہی خواہش تھی جو برسوں پہلے کوئی نیا ہنر سیکھ کر ہوتی تھی کہ کس طرح یہ بات ان تک پہنچ جائے۔

صبح چہل قدمی کا شوق برف باری کی نذر ہو گیا۔لہذا ناشتے کے بعد، کافی کے مگ بھرے اور دوبارہ اپنی پسندیدہ نشستیں سنبھال لیں۔

''کس وقت زیادہ لکھتے ہو، جب دکھی ہو یا خوش''

یہ سوال غیر متوقع تھا، میں گڑبڑا سا گیا ''کوئی خاص فرق نہیں پڑتا'' میں نے ٹالا

''اچھا چلو سناؤ، کوئی نئی چیز؟''

''اب نیا لکھنے کا وہ جوش نہیں رہا۔میرے خیال میں، میں نے اپنی حدوں کو چھو لیا ہے۔''

''واقعی'' وہ مسکرائے، پھر وہی سرپرستانہ مسکراہٹ۔''میں تو خود

اب تک اپنی حدیں نہیں پہچان سکا، تم کیسے پہچان گئے۔ یاد رکھو جب بھی اپنی حد کو پہنچتے ہو، تو گویا ایک نئی حد مقرر ہونے لگتی ہے۔ میرے خیال میں تو کسی کے لئے کوئی حد مقرر کی ہی نہیں گئی۔ تم تو خود ڈاکٹر ہو۔ سوچ کا saturation point تو آ ہی نہیں سکتا۔ اب کیا مکان کے دروازے بھی گننے چنے ہونے لگے۔'' لگتا تھا انہیں میری بات بری لگی، یا شاید مایوسی ہوئی۔ میں نے تو محض یہ بات مدافعانہ حکمت عملی میں کہی تھی کہ اگر میرا نیا افسانہ پسند نہ آئے تو اس دیوار کے پیچھے چھپ سکوں۔ اب اپنے بچھائے جال میں خود ہی پھنس چکا تھا۔

''ان خیالات کے حامل مصنف سے کوئی کیا سنے؟'' ان کی ناراضگی برقرار تھی۔

''جیسے آپ کی مرضی'' میں نے شانے اچکائے

'اچھا چلو سناؤ'' یہ سوچی سمجھی پسپائی تھی۔ ایک فاتح سپاہ سالار کی حکمت عملی۔ بہت سنجیدگی اور خاموشی سے افسانہ سنتے رہے۔

''واہ میاں، پھر کہتے ہو اپنی حدوں کو چھولیا ہے۔ تم صرف یہ چاہ رہے تھے کہ میں تمھاری تعریف کروں۔'' ان کے جملے سے میرا خون سیروں بڑھ گیا۔

دوپہر کا کھانا کھا کر ہم دونوں گھر سے باہر نکل گئے

''مال چلتے ہیں، میں چاہتا ہوں آپ کو ایک اوورکوٹ دلا دوں۔''

''مجھے ضرورت نہیں، دیکھ تو رہے ہو، یہ جو پہنے ہوں اس میں کیا کمی ہے؟''

''لیکن پھر بھی۔ ایک سے دو اوورکوٹ بہتر ہیں۔ کبھی بدل کے یہ پہن لیا کبھی وہ۔''

''دیکھو میں اپنی مرضی سے علیحدہ اور تنہا رہتا ہوں۔ سب ہی بچوں نے کئی کئی مرتبہ پورے خلوص سے کہا ہے کہ ساتھ آ کر رہیں۔ لیکن فی الحال میں اپنی آزادی تم لوگوں کے تابع کرنے کے حق میں نہیں۔ لہٰذا تمھارے ذہن میں کوئی Guilty Concious نہیں ہونا چاہیے۔''

''اس بات کا اوورکوٹ سے کیا تعلق ہے؟''

''سوچو، سمجھ جاؤ گے''

میں مصر رہا اور اوورکوٹ دلا کر ہی رہا۔ مال سے واپسی پر میرا موڈ بہت خوشگوار تھا۔ وہ بھی خوش تھے۔ سڑک کے کنارے کسی گاڑی کا شکار ایک گلہری کا جسم دیکھا تو افسردہ ہو گئے ''ان جانوروں کی دنیا، ہماری دنیا سے ایسی پیوست ہے کہ علیحدگی اب مشکل ہے۔ لیکن انہیں اس کی کتنی بھاری قیمت ادا کرنی پڑتی ہے!''

''تمھارا مذہب پر اعتقاد بحال ہوا یا نہیں؟'' وہ ایسے ہی اچانک حملہ آوار ہوتے۔

''وہی بے یقینی کی کیفیت ہے، بہت سے سوال اٹھتے ہیں ذہن میں۔''

''تو اس میں کیا حرج ہے؟ بے یقینی ہی سے تو یقین کا کھوج ملے گا۔ میں خود ابھی تک بے یقینی کا شکار ہوں۔ بس یہی کہنا ہے کہ دروازہ کھلا رکھنا''

''دروازہ تو کھلا ہے، لیکن یقین کیجیے کچھ پتہ نہیں۔ سوچو تو پچاس سال میں کتنی تعلیم حاصل کر لی ہے۔ لیکن حقیقت تو یہ ہے کہ ہونے اور نہ ہونے کی بابت جتنا علم پیدائش کے وقت تھا، بالکل اتنا ہی آج بھی ہے، ایک حرف زیادہ نہیں''

''خوب'' وہ مسکرائے۔ ''یہ ادراک 'کہ نہیں معلوم'، تمھاری جستجو جاری رکھے گا، یہ ایک خوش آئند بات ہے''

میں نے بہت کوشش کی کہ رات کا کھانا ہم کہیں باہر کھائیں، لیکن وہ نہ مانے، میں نے جو گھر پر بنایا، وہی خوش ہو کر کھایا اور تعریف بھی کرتے گئے۔

''میاں میں اس دفعہ تمھارے پاس صرف دو دن کے لئے آیا ہوں صبح ہی نکل جاؤں گا'' انہوں نے انکشاف کیا۔

''کیوں؟ کم از کم ایک ہفتہ تو ٹھہرتے۔''

''نہیں، اور اب تو تم نے اوورکوٹ بھی دلا دیا ہے'' میری آنکھوں میں جانے کیا دیکھا کہ کاندھے پر ہاتھ مار کر قہقہہ لگایا۔ ''نہیں میر خیال میں تمھیں صرف دو ہی دن کی ضرورت تھی۔ اس دفعہ یہاں سے نکل کر چھوٹے کے پاس جاؤں گا، وہاں ایک دو ہفتے ٹھہروں گا، اگر تم کو کوئی اعتراض نہیں ہو'' انہوں نے میری آنکھوں میں آنکھیں ڈال دیں۔

''اور اگر مجھے اعتراض ہو؟'' میں نے ذرا شوخی سے پوچھا۔

''ہم نے یہ استحقاق کسی جذباتی دباؤ میں نہیں دیا ہے، کچھ دیکھ کر ہی دیا ہے'' وہ سنجیدہ تھے۔ مجھ سے صرف یہی جواب بن پڑا:

''نہیں جہاں آپ خوش رہیں'' گویا ہتھیار ڈال دیئے

صبح انہیں گاڑی میں بٹھا کر بھاری قدموں سے واپس گھر آیا۔ پچھلے دروازے سے باغ میں جا کر سیب کے درخت سے بندھی ربن کھول دی۔

"وقت نے کیا کیا حسین ستم"

ڈاکٹر رینو بہل

گیلی ریت پر ننگے پاؤں چلنا اُسے اچھا لگتا تھا۔ جب بھی طبیعت بے چین ہوتی اور اُداسی ستانے لگتی تو وہ گاڑی نکالتی اور سیدھے سمندر کے کنارے پہنچ کر ننگے پاؤں گیلی ریت پر چلتے چلتے دُور تک پھیلے سمندر کے گہرے نیلے پانی کو دیکھتی رہتی۔ سمندر میں اُٹھتی لہروں کو خاموشی سے دیکھتے رہنا اور پھر اُن لہروں کا کنارے سے ٹکرا کر پلٹ جانا اُسے اپنی زیست کی تصویر لگتی۔ راشد اُسے "پیار کا سمندر" کہتا تھا اور آج وہی سمندر خود تشنگی کی گہرائی میں ڈوب رہا ہے۔ سمندر کی لہروں کی طرح پورا چاند دیکھ کر اُس کی دبی ہوئی خواہشیں سر اُٹھانے لگتیں۔ سمندر کی لہروں میں تلاطم مچلتا، لہریں چاند کو پانے کی خواہش میں بے صبری سے، بے چینی سے مچلتیں، اوپر اُٹھتی شور مچاتیں اور پھر ساحل سے ٹکرا کر اپنا سر پٹک کر واپس لوٹ آتیں۔ یہی حال اُس کا بھی ہوتا۔ تنہائی میں اسے گزرے زمانے یاد آتے، اس کی بانہوں کی گرماہٹ، اس کے سانسوں کی مہک، اس کے ہاتھوں کی اٹھکیلیاں، اس کے لبوں کی شرارتیں، اس کے جسم کی خوشبو یاد آتی تو وہ ان لمحوں کے لیے ترس جاتی۔ بیتے لمحے آ آ کر اُسے شدت سے اُس کی کمی کا احساس دلاتے رہتے۔ اس کی زندگی انتظار صرف انتظار کی صلیب پر ٹنگی رہتی۔ انتظار کے دن گن گن کر کٹتے اور مقرر وقت سے ایک روز پہلے ہی راشد کا فون آ جاتا۔ ہر بار کوئی نیا مسئلہ ہر بار کوئی نئی بات۔ ہر بار وہ وعدہ کر کے توڑ دیتا اور ہر بار وہ اندر سے ٹوٹ کر بکھر جاتی۔ راشد اس کی کمزوری تھا۔ اس کے علاوہ دنیا میں اُس کا ہے ہی کون؟ اُس کی پوری کائنات راشد کے اردگرد ہی گھومتی تھی۔ پھر خود کو سمیٹتی، پھر اس کی باتوں کے جال میں پھنس جاتی اور پھر اُس کے آنے کے انتظار میں دن گننا شروع کر دیتی۔ انہیں اداسیوں اور مایوسیوں کے بھنور سے نکلنے کی چاہ میں گیلی ریت پر ٹہل رہی تھی، خود میں سمٹی، اپنے خیالوں کی دنیا میں کھوئی کہ کسی کا ہاتھ اپنے کاندھے پر محسوس کر کے چونک پڑی۔ ایک ادھیڑ عمر گٹھیلے جسم، پُر رعب چہرے پر مسکراہٹ بکھیرے شخص اُس سے مخاطب تھا:

"تم غزالہ ہو نا؟"

"جی ہاں! بالکل صحیح پہچانا۔ آپ۔۔۔؟"

"کمال ہے! مجھے نہیں پہچانا؟ ایک ہم ہیں جو تمہیں بھولے نہیں اور ایک تم ہو جسے بھولے سے بھی ہم یاد نہیں۔"

اس کی چمکتی مسکراتی آنکھوں سے شرارت جھلک رہی تھی۔ یہ مسکراہٹ یہ شرارت اُسے برسوں پیچھے لے گئی۔

"نلیش شرما" اسے پہچانتے ہی وہ اُچھل پڑی۔

"Thank God تمہیں میرا نام تو یاد ہے"

"دوستوں کے نام بھی کوئی بھولتا ہے بھلا! تم یہاں ہوتے ہو؟ میں نے تو سنا تھا کہ کرنل صاحب کشمیر کی خوبصورتی کے مزے لیتے ہیں۔ رنگین وادیوں نے طبیعت بھی رنگین کر دی ہے"

"غزالہ میڈم سُنا تو تم نے بالکل ٹھیک، اُن حسین وادیوں میں خوبصورت چہروں کو دیکھ کر کون کمبخت دل کو سنبھال سکتا ہے۔ پھر میں ٹھہرا آزاد پرندہ۔ مگر ایک بات بتاؤں میں نے کہیں پڑھا تھا کہ مرد پہلی بار جب کسی کو چاہتا ہے تو محبت کرتا ہے دوسری بار بدمعاشی اور اس کے بعد صرف عیاشی ہی کرتا ہے۔ اس لیے تم صرف میری پہلی چاہت پر غور فرماؤ باقی جانے دو۔" یہ سنتے ہی اُس کا چہرہ لال ہو گیا۔ جھینپ مٹاتے ہوئے وہ جھٹ سے بولی:

"شادی شدہ آدمی آزاد کیسے ہو سکتا ہے؟"

"کیا سبھی باتیں یہاں کھڑے کھڑے کریں گے؟ وہ سامنے والی بلڈنگ میں میرا فلیٹ ہے۔ چلو وہاں چلتے ہیں اور اگر کوئی اعتراض ہو تو اس کافی شاپ پر چلتے ہیں۔"

"کافی شاپ چلتے ہیں، گھر کسی اور روز آؤں گی"

ایک عرصے کے بعد دونوں ایک دوسرے کے آمنے سامنے تھے۔ کالج کے دنوں کے ساتھی ایک مدت بعد ملے تو بھولی بسری باتیں، دوستوں کے قصے چھیڑ بیٹھے۔ آٹھ لوگوں کا اُن کا گروپ کالج میں کافی مشہور تھا۔ تین لڑکے اور پانچ لڑکیاں۔ تین سال سبھی ساتھ رہے پھر گریجویشن ختم ہوتے ہی سب الگ راستوں پر اپنی اپنی منزل پر پہنچنے کے لیے نکل پڑے۔

نلیش شرما فوج میں سیکنڈ لفٹیننٹ تعینات ہو گیا۔ سبھی جانتے تھے کہ نلیش شرما اس پر فدا ہے مگر اُس نے کبھی زبان سے اپنی چاہت کا اظہار نہیں کیا۔ مذہب کی دیوار دونوں کے بیچ حائل تھی جسے توڑنے کی اُس کی مرضی بھی تھی اور ہمت بھی پر اپنی بیوہ ماں کو دُکھ دے کر وہ زندگی کی خوشی حاصل نہیں کرنا چاہتا تھا۔ اکثر وہ یہ گنگنایا کرتا "عشق نہ دیکھے دین دھرم عشق نہ دیکھے ذات"۔ اُس نے اپنے خواب اپنی خواہشیں اپنے اندر ہی دفن کر دیے۔

"تم نے بتایا نہیں تمہاری بیوی کیسی ہے؟"

"کلپنا سے میری علیحدگی ہو چکی ہے۔ بنٹی کو لے کر وہ اپنے والدین کے پاس کینیڈا میں سیٹل ہو گئی۔ شادی کے صرف پانچ سال ہم نے ایک ساتھ گزارے۔ اس کا اصرار تھا کہ نوکری چھوڑ کر کینیڈا چلوں اور میری ضد تھی کہ نہ میں نوکری چھوڑوں گا نہ اپنا وطن اور نہ ہی اپنی ماں۔ جس ماں کی خاطر میں نے اپنی زندگی کی سب سے بڑی خواہش ترک کر دی اُسے بھلا میں کیسے چھوڑ کر جا سکتا تھا۔ لہٰذا ہمارے راستے الگ ہو گئے۔"

"اور اب یہاں پوسٹنگ ہے؟"

''میں نے ریٹائرمنٹ لے لی۔ ماں بیمار ہوئی تو اُس نے بستر پکڑ لیا۔ نوکر تو تھے اس کی خدمت کے لیے مگر میں نہیں تھا۔ اُن کے علاوہ میرا اس دنیا میں ہے ہی کون اس لیے نوکری سے ریٹائرمنٹ لے لی''

''اب کیسی ہیں تمہاری ماں؟''

وہ دومنٹ خاموش رہا۔

''اب میں اور میری تنہائی ہے۔ ماں بھی مجبور تھیں۔ میں انہیں بھی نہ روک سکا۔ وقت اور پیسے کا صحیح استعمال کرنا چاہتا ہوں۔ بے سہارا بزرگوں کے لیے ایک آشرم کھول رہا ہوں۔ تم بھی اس میں میری مدد کرسکتی ہو''۔

وہ خاموشی سے اُس کا چہرہ دیکھنے لگی۔ آج بھی وہ ویسے ہی دلکش ہے، چوڑی پیشانی، سفید اور کالے ملے جلے گھنے چھوٹے چھوٹے بال، ویسی ہی ملے جلے رنگ کی ہلکی ہلکی مونچھیں۔ اس کھلی ہوئی رنگت اور شاداب چہرے کے پیچھے کون جان سکتا ہے کہ درد اور تنہائی کا سیلاب چھپا ہے جو بات کرتے کرتے اُس کی آنکھوں میں دکھائی دینے لگتا ہے۔

''میں نے تمہیں اپنے بارے میں سب بتا دیا۔ تم بتاؤ کیسی ہو؟ راشد آج کل ادھر ہیں یا اکیلی ہی ہو؟''

''تم یہ سب کیسے جانتے ہو؟'' اس نے حیرت سے اُسے دیکھا۔

''اتنا حیران ہونے کی ضرورت نہیں۔ میں تُم سے دُور چلا گیا تھا مگر تم مجھ سے کبھی دور نہیں گئیں! تمہاری زندگی میں کب کیا ہوا، مجھے سب معلوم ہے''

''وہ کیسے؟''

''جذبے صادق ہوں تو راستے بھی نکل آتے ہیں۔ گھورنے کی قطعاً ضرورت نہیں۔ میں کئی سالوں سے رجنی سے مسلسل رابطے میں ہوں۔

''مگر اُس نے تو کبھی مجھ سے تمہارا ذکر نہیں کیا!''

''اسے بھی میرا ایک اور گناہ سمجھو!''

''اوہ! تو وہ مجھ سے زیادہ تمہاری دوست ہے''

''Come on غزالہ! میں نے اُسے قسم دے رکھی تھی جس کو اُس نے پوری وفاداری سے نبھایا''

''راشد دو دن بعد آرہے ہیں پھر تم سے اُن کی ملاقات کراؤں گی۔ کافی وقت گزر گیا مجھے اب چلنا چاہیے''

وہ یہ کہہ کر اٹھنے لگی تو نلیش نے یک دم سے اُس کا بازو پکڑ کر بٹھا دیا۔

''تمہیں کیا ہوا؟ ایک دم سے بھی کوئی اس طرح جاتا ہے؟''

''نہ اپنا فون نمبر دیا نہ میرا اتہ پتہ لیا۔ راشد سے کیسے ملواؤ گی مجھے؟''

اُس نے جیب میں سے ملاقاتی کارڈ نکال کر اُسے تھما دیا اس اُمید پر کہ وہ جلد ملیں گے۔

نلیش سے مل کر غزالہ خود کو کافی ہلکا محسوس کر رہی تھی۔ بہت دنوں بعد اُسے اپنے اندر کی گھٹن سے راحت محسوس ہو رہی تھی۔ وہ صرف راشد بلکہ ساری دنیا کیا خود سے بھی مایوس تھی، ناراض تھی۔ یہ اس کی شخصیت کی خوبی تھی یا خامی کہ وہ غصہ بھی ہوتی تھی خفا بھی ہوتی تھی مگر جھگڑا کبھی نہیں کرتی تھی۔ اُسے تو ڈھنگ سے گلہ بھی نہیں کرنا آتا تھا۔ سارا کرب ساری تکلیفیں اپنے اندر خاموشی سے ضبط کر لیتی، اندر ہی اندر جلتی رہتی، کُڑھتی رہتی مگر کسی سے بھی شکایت نہ کرتی۔ راشد اُس کے چہرے کی خاموشی اور آنکھوں میں اُمڈتے اُداسی کے بادلوں کو دیکھ کر سمجھ جاتا کہ اُس کے دل پر غبار چھایا ہوا ہے۔ وہ اکثر اُسے کہتا کہ سب باتیں صاف صاف کہہ دینی چاہیے اس سے دل کا بوجھ کم ہوتا ہے اور دوسرے کو بھی اپنی غلطی کا احساس ہو جاتا ہے مگر سب کچھ ویسے کا ویسا ہی رہا۔ نہ غزالہ کو گلہ کرنا آیا نہ راشد کو خاموشی کی زباں سمجھنے کا ہنر آسکا۔

باہر موسلا دھار بارش ہو رہی تھی۔ نادرا بُوا سب کام نپٹا کر سو چکی تھیں۔ امّاں کے بعد وہ ہی ایک واحد بزرگ تھیں جو اُس کا ہر طرح سے خیال رکھتیں۔ جب سے اُس نے ہوش سنبھالا تھا نادرا بُوا کو اس گھر میں پایا۔ ویسے تو وہ خادمہ تھیں مگر اُن کی عزت گھر کے بڑے بزرگ سے کم نہیں تھی۔ دیر رات جب کروٹیں بدلتے بدلتے تھک گئی تو اُس نے اٹھ کر راشد کی کتابوں میں سے اُس کے پسندیدہ شاعر احمد فراز کا شعری مجموعہ 'جاناں جاناں'' اُٹھا لیا۔ آج بھی فراز کی شاعری راشد کو ویسے ہی سحر زدہ کرتی تھی جیسے جوانی میں۔ یہ اور بات ہے کہ اب تو نہ وہ عمر رہی نہ وہ اُمنگیں، نہ وہ خواہشوں کا تلاطم۔ وہ عمر کے اُس پڑاؤ پر آن پہنچا تھا کہ گزری زندگی کی یادوں کا انبار تو لگا تھا مگر اُن لمحوں کا جادو کہیں کھو گیا تھا۔ پہلے وہ ساون کی بارش کو سُکھا نہیں جانے دیتا تھا اُس کا ہاتھ تھامے بارش میں دُور تک ٹہلتے رہنا اُسے بہت پسند تھا اور اب بارش آتے ہی کھڑکیاں بند کروا دیتا۔

راشد نے ہی اُسے بتایا تھا کہ اگر وہ اُسے اُس روز بارش میں بھیگتے نہ دیکھتا تو شاید وہ ایک ساتھ نہ ہوتے اور نہ ہی اُن کے عشق کی داستان وجود میں آتی۔

وہ بھی ساون کی ایک سہانی شام تھی۔ جب وہ دفتر سے لوٹ کر اپنے کمرے میں فراز کی شاعری میں غرق تھا۔ اچانک بادلوں کے گرجنے کی آواز سن کر اُس نے کھڑکی سے باہر جھانکا تو کالے کالے بادلوں نے نیلے آسمان پر اپنی حکمرانی کا اعلان کر دیا۔ دیکھتے ہی دیکھتے کالی گھٹا ٹوٹ کر برسنے لگی۔ گیلی مٹی کی سوندھی سوندھی خوشبو چھت پر برستے پانی کا سنگیت اُسے اپنی طرف کھینچنے لگا۔ ایک مدت ہو گئی بارش میں بھیگے ہوئے یہ ہی سوچ کر اُس نے کتاب ایک طرف رکھی اور چھت کی طرف لپکا مگر آخری سیڑھی تک پہنچتے پہنچتے اس کے قدم ٹھٹھک کر وہیں رک گئے۔ سامنے غزالہ کو بارش میں بھیگتے ہوئے دیکھ کر وہ آگے نہ بڑھ سکا۔ خاموش دکھنے والی ہمیشہ سنجیدہ نظر آنے والی لڑکی ایک الگ ہی روپ میں اُس کے سامنے تھی۔ بارش کی تیز و تند بوچھاڑ اُس کے گداز جسم، کتابی چہرے کو ایسے بھگو رہی تھی جیسے تازہ گلاب کے پھول شبنم میں نہائے ہوں۔ وہ دیوار کے سہارے آسمان کی طرف اپنا چہرہ اٹھائے، آنکھیں موندے دھیرے دھیرے کچھ گنگناتی ہوئی بارش کی پھواروں کو ایسے دعوت دے رہی تھی کہ ''میں نے اپنے

آپ کو تمہارے حوالے کر دیا آؤ آ کر میرے رخسار، میری آنکھیں اور میرے لبوں کو اپنے لمس سے سرشار کر دو''۔ وہ آنکھیں بند کیے اُن لمحوں میں ڈوبی ہوئی تھی اور وہ اس سرشاری میں بھیگتا چلا گیا۔ غزالہ کا بھرا بھرا بھیگا ہوا گداز جسم، کھلی سیاہ گھنی زلفوں سے ٹپکتا پانی اُسے خود سے بھی بے خبر کر گیا۔

وہ اپنے اردگرد کے ماحول سے لاتعلق، وہی آخری سیڑھی پر ساکت کھڑا رہا مگر اُس کے دل کے چور نے تصور میں ہی آگے بڑھ کر اُس کے بھیگے بھرے بھرے جسم کو بانہوں میں بھر کر اُس کی تپش محسوس کر لی۔ اس سحر زدہ ماحول میں وہ اتنا کھویا کہ یہ بھی بھول گیا کہ ان دونوں کے بیچ پندرہ سال کی گہری کھائی ہے اس کی ایک بیوی بھی ہے ایک چار سال کا بیٹا بھی ہے۔ اسے پتا ہی نہیں چلا دل کے دروازے کب کھُل گئے اور دل کے نہاں خانوں میں خواہش کی ننھی سی کلی چٹکی جس نے اُسے محبت کے جذبات سے آشنا کر دیا۔

ساون میں کِھلی خواہش کی وہ ننھی سی کلی دل ہی دل میں پنپنے لگی، جواں ہونے لگی۔ اُس نے اپنی خواہشوں کو ضبط کرنے کی اُنھیں جکڑنے کی، باندھنے کی بڑی کوشش کی مگر یہ محبت کی خوشبو اُس کی بند مٹھی سے پھسل کر پورے وجود کو تر بتر کر گئی۔ پھر یہ خوشبو بڑھتے بڑھتے اس کے وجود کے حصار سے نکل کر اُس کے اردگرد ہواؤں میں اپنا جادو بکھیرنے لگی اور یہ بھینی بھینی خوشبو کا احساس غزالہ کو بھی ہونے لگا۔ راشد کا دل اب اُس کے اختیار سے باہر تھا۔ وہ لبوں کو تو خاموش رہنے کا حکم دے سکتا تھا مگر اس کا دل بغاوت پر اتر آتا اور اُس کی آنکھوں کی چمک سے سب حال بیاں ہو جاتا جس کی شدت سے غزالہ کے سرد جذبات بھی پگھلنے لگے تھے۔ بقول انجان:

عقیدت شرط ہے یاروں محبت اور عبادت میں
یہ جذبہ گر سلامت ہو تو پتھر بھی پگھلتا ہے

زبیدہ بی بی کی تجربہ کار آنکھوں نے اُن کی آنکھ مچولی کا کھیل اور ان کہی کیفیت کو محسوس کر لیا۔

بیٹی کے مستقبل کو لے کر زبیدہ بی بی اُس دن سے پریشان تھیں جب وہ جوانی کی دہلیز پر قدم رکھ رہی تھی۔ ہر جوان ہوتی لڑکی کی ماں بیٹی کے لیے فکر مند ہوتی ہے مگر اُس کی فکر کی وجہ قدرت کے فیصلے کو لے کر تھی جس نے اس کی بچی کے ساتھ ناانصافی کر دی تھی۔ وہ اپنے خدا سے ناراض تھی کہ اُس نے اس کی بچی کو اس نعمت سے محروم رکھا جس سے وہ مکمل عورت بن سکے۔ والدین نے کوئی در نہیں چھوڑا چاہے وہ ڈاکٹر ہو، درگاہ ہو، پیر فقیر ہو، کوئی سجدہ کوئی تعویذ کوئی دعا کام نہیں آئی۔ دھیرے دھیرے یہ بات سارے خاندان میں پھیل گئی کہ غزالہ آدھی ادھوری ہے اس میں ماں بننے کی صلاحیت نہیں ہے۔ خاندان سے کسی اچھے رشتے کی انہیں امید تھی ہی نہیں۔ اسی لیے والدین نے اسے تعلیم دے کر اپنے پیروں پر کھڑا کر دیا۔ اب انہیں یہ فکر ستانے لگتی کہ اُن کے بعد غزالہ کا کیا ہوگا۔

بیوہ زبیدہ بی بی نے جب راشد کی آنکھوں میں اپنی بیٹی کے لیے چمک دیکھی تو ماں کے دل میں ایک آس کی اُمید جاگی۔ انہیں اس بات کی پرواہ نہ تھی کہ وہ اُس کی بیٹی سے پندرہ سال بڑا ہے، پہلے سے شادی شدہ ہے ایک بچے کا باپ بھی ہے۔ انہیں تو بس اپنی بیٹی کے لیے ایک شریک حیات مل رہا تھا جس کو اُس سے اولاد کی بھی توقع نہ ہو۔

راشد نے غزالہ کو قبول کر کے اپنی خواہش تو پوری کر لی مگر اس کی خبر ملتے ہی ریحانہ نے اُس کے خلاف جنگ کا اعلان کر دیا۔ زبیدہ بی بی بیٹی کی ذمہ داری سے فارغ ہو کر حج کی تیاریاں کرنے لگیں اور راشد ریحانہ کو راضی کرنے کی تراکیب سوچنے لگا۔ بار بار وہ یہ دھمکی دے رہی تھی کہ وہ انور کو ساتھ لے کر مائیکے چلی جائے گی۔ انور کی خاطر دونوں میں یہ طے ہوا کہ غزالہ کبھی اُس گھر میں قدم نہیں رکھے گی۔ یہ گھر ہمیشہ اُسی کا رہے گا۔ وہ کبھی خوشی یا غمی میں ایک دوسرے کو نہیں ملیں گے۔ اُس گھر میں غزالہ کا نام لینا اُس کا ذکر کرنا منع تھا البتہ راشد جب بھی اُس کے پاس ہوتا تو اپنی زندگی کی ہر چھوٹی بڑی بات، ہر خوشی ہر مسئلہ غرض کہ سب کچھ اُس سے بانٹتا۔

جب تک راشد کی پوسٹنگ آدم پور تھی غزالہ کی زندگی بڑی پُرسکون تھی۔ مہینے میں دو دن کے لیے ہی راشد ریحانہ اور انور کے پاس جاتا مگر جب سے اُس کا تبادلہ پُرانے دفتر میں ہو گیا تو اُس کی زندگی میں بھی تبدیلی آ گئی۔ دونوں دُور ضرور تھے مگر دن میں کئی کئی بار فون پر موبائل پر بات ہو جاتی کہ دوری کا احساس ہی نہ ہوتا۔ ہر پندرہ دن بعد راشد بیگ اٹھاتا اور غزالہ کے پاس آدم پور پہنچ جاتا۔ آدم پور کا نام سنتے ہی ریحانہ کے چہرے پر ناگواری کے تاثرات نظر آنے لگتے۔ اس وقت اس کا چہرہ ایسے لگتا جیسے کسی نے زبردستی کڑوی کسیلی دوائی منہ میں ٹھونس دی ہو۔ مگر وہ خاموش رہتی۔

راشد سے نکاح کے بعد بھی غزالہ کی زندگی وہیں کی وہیں کھڑی رہ گئی تھی۔ اس کے لیے وقت تھم سا گیا تھا۔ راشد کی خود کی زندگی بڑی تیزی سے آگے بڑھ گئی۔ انسان کبھی بوڑھا نہیں ہوتا۔ بڑھاپے کا احساس تو اُسے اپنے بچوں کو جوان ہوتے دیکھ کر ہوتا ہے۔ کہنے کو تو وہ انور کی چھوٹی ماں تھی مگر اپنی امّاں کی طرح اس نے بھی کبھی اس رشتے کو قبول نہیں کیا تھا۔

نادرہ بُوا نے چائے کی پیالی اُس کے بستر کے پاس رکھی اور اُس کے قریب ہی بیٹھ کر اُٹھانے لگیں۔ کتاب اُس کی آنکھوں سے لگی تھی۔ شاید پڑھتے پڑھتے سو گئی ہو۔

''بٹیا آج چھٹی ہے کیا؟''

''نہیں بُوا چھٹی کل لوں گی راشد آ رہے ہیں''

''پکی بات ہے ناں!''

''یہ کیا بات ہوئی بُوا۔ کوئی ضروری کام آن پڑے تو دوسری بات ہے ورگرنہ اُن کا پروگرام۔۔۔''

''پچھلے تین مہینے سے یہ ہی سن رہی ہوں مگر دولہے میاں ہر بار

ضروری کام میں پھنس جاتے ہیں‘‘

’’آپ میرا ناشتہ تیار کر دیں مجھے دیر ہو رہی ہے‘‘

یہ کہہ کر اُس نے بُوا کو وہاں سے روانہ کر دیا جو منہ میں نہ جانے کیا بُڑبُڑاتی نکل گئیں اور وہ سکول جانے کے لیے تیار ہونے لگی۔ دماغ میں بُوا کی باتیں ہتھوڑے کی طرح بج رہی تھیں۔

پچھلے تین مہینوں سے راشد آدم پور کا پروگرام بناتا مگر ہر بار کوئی نہ کوئی اڑچن پڑ جاتی اور اُسے پروگرام ملتوی کرنا پڑتا۔ جب جب اُس نے غزالہ کو نہ آنے کی خبر دی تب تب وہ کرچی کرچی ٹوٹتی بکھرتی۔

راشد نے اس سے وعدہ کیا تھا کہ ریٹائرمنٹ کے بعد وہ اس کے پاس ہی رہے گا مگر جب وہ ریٹائر ہوا تو انور نے اپنے نئے کاروبار کی ذمہ داری باپ کو سونپ دی۔ راشد کا اپنا پیسہ بھی لگا تھا اس کاروبار میں لہٰذا اُس نے غزالہ کو یہ کہہ کر مطمئن کرایا کہ:

’’جوان بچہ ہے ناتجربہ کار بھی ہے۔ اتنا پیسہ لگا ہے خیال تو رکھنا ہی پڑے گا۔ پھر تمہاری نوکری بھی ابھی ہے۔ تم سارا دن سکول جاؤ گی تو میں اکیلا گھر میں کیا کروں گا۔ ہاں یہ ضرور ہے کہ اب جلدی جلدی آیا کروں گا۔‘‘

اس کی یہ بات بھی ماننے کے علاوہ اس کے پاس کوئی راستہ نہ تھا۔ راشد کی بٹی ہوئی زندگی سے وہ تھک چکی تھی۔ مگر وہ شکایت بھی نہیں کر سکتی تھی۔ نکاح سے پہلے ہی اُس نے غزالہ کو سب باتیں کھُل کر صاف صاف کہہ دی تھیں۔

’’تمہیں یہ بتانے کی ضرورت نہیں کہ میرے دل میں تمہارے لیے کیا ہے۔ یہ سچ ہے کہ میری شادی ریحانہ سے دس سال پہلے ہوئی۔ ریحانہ میری ماموں زاد میری ماں کی پسند اور بچپن کی ساتھی ہے۔ ہماری شادی بچپن میں ہی طے ہو گئی۔ وہ میرے آٹھ سال کے بیٹے انور کی ماں بھی ہے۔ وہ ایک اچھی بیوی اور اچھی ماں بھی ہے۔

میں بڑی پُرسکون زندگی گزار رہا تھا۔ اپنی زندگی سے مطمئن بھی تھا۔ پھر تبادلہ ہو کر تمہارے شہر آ گیا۔ تم لوگوں کے یہاں کرایہ پر کمرہ ملا تو صرف اپنے کام سے کام رکھا۔ صبح سے شام دفتر اور شام کے بعد اپنی کتابیں اپنا کمرہ۔ چھٹی ہوئی تو گھر کا رستہ دیکھا۔ اُس روز بارش میں تمہیں بھیگتے دیکھا تو میری پُرسکون زندگی میں طوفان آ گیا۔ دل کا دھڑکنا کیا ہوتا ہے، محبت کسے کہتے ہیں، کسی کو چاہنے اور اُسے پانے کی طلب کیسی ہوتی ہے، خواہشوں کا پنپنا پھر ٹوٹ کر بکھرنے کا درد کیا ہوتا ہے، تمہاری چاہت نے ان احساسات سے آشنا کر دیا۔ اس وقت مجھے احساس ہوا کہ میری زندگی ادھوری ہے۔ تمہاری چاہت کے بغیر میں مکمل نہیں۔ تمہیں پانے کی چاہ کو میں مسلسل دباتا رہا۔ اور جب امّاں نے اپنی خواہش کا اظہار دبے لفظوں میں کیا تو میں یہ موقعہ کیونکر ضائع کرتا۔

جانتا ہوں میں اس وقت خودغرضی کی بات کر رہا ہوں۔ مگر تمہیں بتانا ضروری ہے میں ریحانہ اور انور کو کبھی چھوڑ نہیں سکتا وہ میری ذمہ داری ہیں۔ وہ دونوں کسی بھی صورت ہمارے رشتے کو قبول نہیں کریں گے۔ اس کا ایک ہی راستہ نکلتا ہے کہ تم اپنی نوکری جاری رکھو تو میں دونوں گھروں کی ذمہ داریاں پوری کر سکتا ہوں۔ مگر اس کے لیے مجھے تمہارے تعاون کی ضرورت پڑے گی۔

غزالہ نے پوری وفاداری سے اُس کا ساتھ دیا۔ کبھی اُس کی ذمہ داریوں کے بیچ نہیں آئی۔ ہر لڑکی کی طرح اس نے بھی چاند ستاروں کی خواہش ضرور کی تھی مگر کبھی اس طرح کی بٹی ہوئی زندگی اُس کے حصے میں آئے گی یہ اُس نے نہ سوچا تھا نہ چاہا تھا۔

راشد سے فون پر دن میں کئی کئی بار بات ہو جاتی مگر اب وہ باتیں بھی بڑی مختصر ہو گئی تھیں۔ وہی گھسے پِٹے جُملے ’’کیسی ہو؟ کیا کر رہی ہو؟ نیا کیا ہے؟‘‘ پھر وہی ’’اور۔۔۔‘‘ جیسے اب کوئی اور بات کرنے کو نہیں ہے فون رکھ دیا جائے۔ وہ گزرے لمحے، وہ میٹھی یادیں اور یہ بدلتے حالات، اس کی تنہائی، اس کا اکیلاپن اُسے پریشان کرنے لگتے تھے۔ راشد کی مصروفیت بڑھی تو غزالہ کی تنہائیاں بڑھتی گئیں۔ دھیرے دھیرے اُس کے دل میں یہ بات گھر کر گئی کہ جیسے اُسے پہلے محسوس ہوتا تھا کہ راشد اس کے بغیر جی نہیں پائے کا اب اُسے یوں لگنے لگا کہ راشد کی زندگی میں اس کی خاص ضرورت نہیں ہے۔

جیسے جیسے وقت گزرتا گیا راشد کی مصروفیت بڑھتی گئی۔ پہلے بیٹے کے کاروبار کا سیٹ کرنا پھر اُس کی شادی کا مسئلہ۔ یہ مسئلہ سلجھ گیا تو شادی کے ہنگامے۔ انور کی شادی میں وہ چاہ کر بھی شریک نہیں ہو سکی۔ راشد نے کہا ضرور کہ ’’تم کو بھی آنا ہے‘‘۔ مگر وہ جانتی تھی کہ ماں بیٹا اُسے ایک آنکھ بھی برداشت نہیں کریں گے اور اُس وقت وہ راشد کے لیے کوئی نیا مسئلہ کھڑا نہیں کرنا چاہتی تھی۔ اس نے انور کو سہرا باندھے دیکھنے کی تمنا دل میں ہی دبا لی اور دلہا دلہن کے لیے ڈھیر سارے تحفے خرید کر راشد کے ہاتھ بھیج دیئے۔ ادھر شادی کا ہنگامہ تھا اور اِدھر غزالہ اپنی تنہائی کے خول میں دھنستی جا رہی تھی۔ شادی کے بعد جب راشد آیا تو ساتھ میں فوٹو البم بھی لے آیا۔ اس کا تعارف دلہن اور باقی رشتے داروں سے تصویروں کے ذریعے ہی ہوا۔ سب کو خوش دیکھ کر اُسے اپنی محرومیوں کا احساس شدت سے ہوا۔ جلد سے جلد آنے کا وعدہ راشد پورا نہ کر سکا۔ بڑھتی عمر کے ساتھ اب صحت بھی ڈھلنے لگی تھی۔ عمر اپنا رنگ دکھانے لگی تھی۔ دن بہ دن صحت گرتی جا رہی تھی۔ اب وہ سفر سے بھی کترانے لگا۔ غزالہ نے اس سچائی سے بھی سمجھوتہ کر لیا۔ اس نے اب گلہ کرنا بھی چھوڑ دیا۔ بدلتے حالات، بدلتی زندگی سے وہ بظاہر سمجھوتہ کرتی رہی مگر اندر سے ٹوٹتی بکھرتی رہی۔ اسے اپنی زندگی اپنا وجود بے مقصد بے معنی لگنے لگا۔

اس نے یہ محسوس کیا تھا کہ رشتوں کی بھی عمر ہوتی ہے۔ کبھی وہ وقت بھی تھا جب اُن کے رشتے میں بچپنا تھا جب وہ ایک دوسرے کو دیکھے بنا ایک دن بھی رہ نہیں سکتے تھے۔ پھر اُن کا رشتہ جوان ہوا تو راشد کو بھاگتے لمحوں سے ہمیشہ گلہ رہتا اُسے یہ شکایت رہی کہ ’’نہ جانے کیسا جادو کر دیا ہے تم نے کہ نہ ہاتھ تھکتے

ہیں، نہ لب تھکتے ہیں اور نہ دل بھرتا ہے'' اور اب شاید شباب کے دور سے نکل کر اُن کا پیار بھی اُس کی طرح پیری کی دہلیز پر جا پہنچا ہے۔ ناتواں جسم کی طرح اس کے جذبات، اس کے احساسات، اس کی ضرورتیں بھی سرد پڑ گئی ہیں۔ مگر یہ ایک ایسی سچائی تھی جسے وہ قبول کر چکی تھی۔ سچائی تو یہ بھی تھی کہ اُسے آج بھی راشد کی ضرورت تھی۔ اُس کے ساتھ کی، اس کے پیار کی۔ مرد کا پیار دل سے شروع ہوتا ہے اور عورت کے جسم کو پالینے کے بعد وہ سمجھتا ہے کہ اس نے عورت کا پیار پالیا وہ پُرسکون ہو جاتا ہے جبکہ عورت مرد کے جسم سے پرے اس کے ذہن و دل پر اپنا قبضہ اپنی ملکیت جمائے رکھنا چاہتی ہے اور اگر ایسا نہیں ہوتا تو وہ بے چین ہو اُٹھتی ہے۔ اور اب غزالہ کو یہ محسوس ہونے لگا تھا کہ راشد کے دل و ذہن پر اُس کی گرفت کمزور ہوتی جا رہی ہے۔ اُسے چاہے جانے والی شدت اب اُسے محسوس نہیں ہوتی تھی۔ وہ اس شدت کے لیے ترس رہی تھی تڑپ رہی تھی۔ یہ سحر شاید اس کی زندگی سے گزر چکا تھا کبھی نہ لوٹنے کے لیے جسے وہ سمجھ نہیں پا رہی تھی یا پھر نظر انداز کر رہی تھی اسے قبول نہیں کرنا چاہتی تھی۔

دوپہر کو وہ سکول سے لوٹی تو ڈھیر سارا سامان بھی ساتھ تھا۔ آتے ہی نادرہ بُوا کو تھما دیا۔

''بُوا کل سے میں دس دن کی چھٹی پر ہوں۔ آپ کو سارا سامان لا دیا ہے اب بس راشد کے پسندیدہ کھانے کی تیاریاں کر لیں کہ کس روز کیا بنے گا''

اتنا کہہ کر وہ اپنے کمرے میں آ گئی۔ راشد نے فون پر بتایا تھا کہ صبح سات بجے ہی چل پڑے گا اور بارہ بجے تک پہنچ جائے گا۔ اس بار وہ جلدی جانے کے لیے نہیں آ رہا۔

''اطمینان سے رہوں گا اور جب اجازت دو گی تبھی جاؤں گا''

یہ سن کر وہ کھلکھلا کر ہنس پڑی تھی۔ پہلی بار اُس نے بھی دھمکی دی تھی

''اگر اس بار بھی تم نہ آئے تو قسم سے میں اپنا وعدہ توڑ دوں گی اور خود چلی آؤں گی وہاں۔ ساری عمر تمہاری باتیں سُنتی آئی ہوں اب نہیں سُنو گی۔ بیوی ہوں تمہاری دُنیا کے سامنے نکاح کیا ہے بھگا کر نہیں لائے جو خاموشی سے سب برداشت کرتی رہوں''۔

''میں تمہیں موقع ہی نہیں دوں گا کہ تمہیں اپنے وعدے سے مکرنا پڑے''

غزالہ نے بھی سوچ لیا تھا کہ اگر راشد ہمیشہ کے لیے اُس کے پاس رکنے کو تیار ہو جائے تو وہ نوکری چھوڑ دے گی۔ اب وہ دل میں کوئی بات نہیں رکھے گی۔ ہر بات، ہر جذبہ اس پر ظاہر کر دے گی۔ اس بار تو وہ اس کی ایک نہ سنے گی وہ چاہے کتنا ہی منع کرے۔ اُسے بارش میں ٹہلنے ضرور لے جائے گی۔ بارش میں راشد کے ساتھ بھیگنے کا سرور ہی کچھ اور ہے۔ رات دیر تک وہ گھر کو سجانے سنوارنے میں لگی رہی۔

صبح فون کی گھنٹی کی آواز سُن کر اُس کی نیند کھلی۔ اُس نے گھڑی دیکھی آٹھ بج چکے تھے۔ اتنی دیر تک تو وہ کبھی بھی نہیں سوتی۔ بُوا نے بھی نہیں اٹھایا۔ اس نے یہ ہی سوچ کر فون اٹھایا کہ راشد کا فون ہوگا بتانے کے لیے کہ چل چکا ہے۔ ہیلو کی تو دوسری طرف نلیش شرما تھا۔

''سب خیریت اتنی صبح صبح فون؟'' اس نے ناگواری سے پوچھا۔

''غصہ کیوں ہوتی ہو۔ میں نے تو یہ بتانے کے لیے فون کیا تھا کہ میں جس آشرم کی تم سے اُس روز بات کر رہا تھا۔ دو بزرگ تو رہنے کو آ بھی گئے۔ اگر تم کچھ وقت نکال سکتیں تو اس کے بارے میں بیٹھ کر بات کر لیتے۔''

''نلیش سُنو! آج راشد آ رہے ہیں۔ پہلے میں اُن سے بات کروں گی پھر آگے کی سوچوں گی۔ ابھی مجھے بہت سے کام کرنے ہیں بعد میں بات کرتے ہیں''

''جیسے تم ٹھیک سمجھو'' اس کی مایوسی غزالہ سے چھپی نہ رہ سکی۔ ابھی وہ فون رکھ کر مُڑی ہی تھی کہ پھر گھنٹی بج گئی۔

''ہیلو''

''غزالہ میں بول رہا ہوں۔ فون بہت Busy آ رہا تھا؟''

''یہ بتاؤ کہاں پہنچے؟'' اس نے اُس کی بات کا جواب دینے کے بجائے اپنا سوال داغ دیا۔

''میں یہ کہہ رہا تھا۔۔۔'' وہ بولتے بولتے ہکلانے لگا۔

غزالہ کا دل ایک دم سے بیٹھ گیا۔

''غزالہ تم سن رہی ہوناں؟''

''بولو''

''صبح ہی ریحانہ کی طبیعت خراب ہو گئی اُسے لے کر ہسپتال آیا ہوں''

''کیا ہوا؟''

''سینے میں درد کی شکایت کر رہی تھی۔ ابھی تو ٹھیک ہے ڈاکٹر کہہ رہے ہیں گھبرانے کی بات نہیں پر کبھی ٹیسٹ کروانے پڑیں گے''

اس نے اتنا سنتے ہی اُس نے فون رکھ دیا۔ ایک بار پھر راشد وعدہ کر کے نہیں آئے۔ ایک بار پھر اُس کے خواب کرچی کرچی ہو کر بکھر گئے۔ بس اب اور نہیں۔ وہ اپنی باقی زندگی اس طرح انتظار کی صلیب پر لٹک کر نہیں کاٹ سکتی۔ وہ اب آدھی ادھوری زندگی بسر نہیں کرے گی۔ یا تو اُسے سب کچھ چاہیے یا کچھ بھی نہیں۔ فون کی گھنٹی لگاتار بج رہی تھی، نادرہ بُوا کچن سے کہہ رہی تھیں ''فون اٹھا لو بیٹا'' اس نے ریسیور اٹھا کر نیچے رکھ دیا۔ موبائل بجنا شروع ہوا۔ راشد لائن پر تھا اس نے فون کاٹ کر بند کر دیا۔ پورے اعتماد کے ساتھ نشست سے اُٹھی۔ ثابت قدموں سے آگے بڑھی۔ پانچ منٹ میں تیار ہو کر گاڑی نکال کر گھر سے باہر تھی۔ اُس کا ذہن اُس کی گاڑی سے تیز بھاگ رہا تھا اور گاڑی سمندر کی طرف سڑک پر دوڑی چلی جا رہی تھی مگر یہ وہ ہی جانتی تھی کہ یہ گاڑی نلیش کے فلیٹ کی طرف جا رہی ہے یا راشد کے شہر یا پھر ہر بار کی طرح اس کے ننگے پاؤں گیلی ریت سے لپٹ کر لوٹ آئیں گے!!!

شہد

ڈاکٹر شکیل احمد خان

''دوستو! مبارک ہو سرکاری بجٹ آنے سے پہلے ہی ہماری آمدنی میں خاصا اضافہ ہوگیا ہے'' کانسٹیبل اشرف نے پنکھے کے نیچے کرسی کھینچ کر اس پر بیٹھتے ہوئے کہا۔

''کیا مطلب۔۔۔؟'' میز کی دوسری جانب بیٹھے ہوئے ہیڈ کلرک اسد نے حیرت سے پوچھا۔

''او یار۔۔تو نے آج کے اخبار میں ٹریفک چالان کی فیسوں میں اضافے کا نہیں پڑھا۔۔۔!''

''ہاں۔۔ہاں۔۔وہ تو پڑھا ہے، پھر۔۔!''

''پھر یہ کہ ہمارا کمیشن اس اضافے کی وجہ سے دگنا ہو جائے گا، اب ہم بھی بیس پچاس کی بجائے ڈرائیوروں سے سو، دوسو پکڑیں گے، بڑھ گئی ناں آمدنی۔۔۔بس اسی بات پر چائے منگالے'' اشرف ہنستے ہوئے بولا۔

اسد نے پٹے والے کو دو چائے لانے کا اشارہ کیا اور پھر میز پر جھکتے ہوئے سرگوشی کے انداز میں کہا۔

''اشرف بھائی۔۔اب تو رشوت لینا چھوڑ دو۔۔ابھی پچھلے مہینے تمھیں دل کا دورہ پڑا ہے''۔

''ہاں۔۔تُو پوسٹنگ ٹرانسفر پر اپنا کمیشن لیتا رہ، اس لیے کہ تجھے ابھی دل کا دورہ نہیں پڑا ہے۔۔او یار، رشوت سے دل کا کوئی تعلق نہیں ہوتا۔۔وہ دیکھ اپنے ملاّ احمد کو۔۔۔''

اشرف نے برابر والی میز پر بیٹھے احمد کی طرف گردن سے اشارہ کیا۔

''یہ بھی تو رشوت نہیں لیتا، پھر اسے کیوں دل کا عارضہ لاحق ہوا۔؟''

''اس بیچارے کو بیچ میں کیوں گھسیٹ رہے ہو یار، رشوت نہ لینے کا مطلب ہے اس کا ریکارڈ لگانا اور اسے ملاّ ملاّ کہنا، یہ تو زیادتی ہے''۔

''اوہو۔۔آج تو بڑی حمایت لے رہا ہے ملاّ کی۔۔۔خیریت تو ہے''۔

''خیریت ہی تو نہیں ہے، اس کا بیٹا تین دن سے بخار میں پھک رہا ہے، ملاّ سے روزانہ دعا کے لیے کہتا ہے'' عابد کانسٹیبل درمیان میں بولا، وہ کچھ دیر پہلے ہی کمرے میں داخل ہوا تھا۔

''یار بیٹے کا مذاق نہیں، میں اس کی طرف سے بہت پریشان ہوں، اگر دعا کے لیے احمد سے کہہ دیا تو کیا برا کیا'' اسد غصے سے بولا۔

''اوئے عابد۔۔تُو واقعی کبھی کبھی اپنی حد سے نکل جاتا ہے، اپنی زبان پر کنٹرول رکھا کر'' اشرف نے عابد کو آنکھیں دکھائیں ''یار تو اپنے پتر کا ٹیسٹ ویسٹ کرا، یہ آج کل ڈینگی بہت چل رہا ہے، خدانا خواستہ، میرے منہ میں خاک، وہ نہ ہو'' اشرف نے اسد سے ہمدردی کا اظہار کیا۔

''وہ تو نہیں ہے، البتہ ملیریا ہے،'' اسد نے دکھی لہجے میں کہا۔

''فکر نہ کر، اللہ سب خیر کرے گا۔۔''

سب نے مل کر زور سے ''آمین'' کہا

''یار اس احمد کا بھی کچھ سوچ، مجھے تو اس کی بھی فکر کھائے جا رہی ہے'' اسد احمد کی طرف اشارہ کرتے ہوئے بولا۔

''کیوں۔۔؟ اب اس کا کیا مسئلہ ہے۔۔؟'' عابد پھر بیچ میں بولا۔

''مسئلہ وہی پرانا ہے، اس نے انجیو گرافی کے وقت بھی ہم سے رقم نہیں لی تھی اور اپنی ساری جمع پونجی اور بیوی کا زیور اس پر لگا دیا تھا، اب بائی پاس کے لیے بھی یہ ہم سے مدد لینے کے لیے تیار نہیں ہے، جب کہ ڈاکٹر نے جلد از جلد آپریشن کروانے کے لیے کہا ہے'' اسد نے تشویش ظاہر کی

''اوئے انسان دا پتر بن۔۔۔'' اشرف اپنا اور اپنی کرسی کا رخ احمد کی طرف موڑتے ہوئے جذباتی انداز میں بولا ''تیرا بڑا بھائی، اللہ اسے جنت نصیب کرے میرا بڑا اچھا یار تھا، اس کے ناتے میں بھی تیرا وڈا ہوں،۔۔۔اوئے ٹھیک ہے ہم رشوت لیتے ہیں، ہماری رقم میں یہی خرابی ہے ناں۔۔۔لیکن تیرے لیے تو یہ رقم قرضہ ہوگی، آپریشن کے بعد واپس کر دینا''۔

احمد نے کمپیوٹر سے نظریں ہٹائیں اور ان کی طرف منہ کر کے نہایت نرمی سے بولا۔

''برا نہ منائیں اشرف بھائی، میرے لیے یہ رقم کسی طرح بھی قابل قبول نہیں، اللہ نے مجھے اس امتحان میں ڈالا ہے، وہی مجھے اس امتحان سے نکالے گا بھی، میں کل اپنے آبائی شہر جا رہا ہوں، وہاں میرے پیر و مرشد حضرت صاحب رہتے ہیں، وہ طب سے بھی وابستہ ہیں، مجھے یقین ہے اللہ ان کی دعا اور دوا کے طفیل مکمل صحتیابی عطا فرمائے گا، آپ سب اگر میرے لیے کچھ کر سکتے ہیں تو صرف دعا کیجیے، میرے لیے یہی بہت ہے''۔

''جیسی تیری مرضی پتر۔۔'' اشرف نے احمد کا جواب سن کر نہایت مایوسی سے کہا۔ اسد نے بھی اپنا چہرہ نیچے کر لیا

''میں بھی کل بائی پاس کرانے کے لیے لمبی چھٹی پر جا رہا ہوں، اگر تجھے میری کہیں ضرورت پڑجائے تو بتا دینا، چل یار عابد۔۔۔'' اشرف نے عابد کے کاندھے پر بے دلی سے ہاتھ مارا ''شام تک کچھ اور مرغے پکڑلیں، آپریشن پر نہ جانے کتنا خرچہ آجائے۔۔'' یہ کہہ کر وہ اور عابد کلرکس روم سے چلے گئے۔

ایک ماہ بعد اشرف آفس جوائن کرنے کے لیے جب کلرکس روم

پہنچا تو وہاں احمد کے علاوہ اور کوئی نہیں تھا، وہ سیدھا اس کے پاس چلا گیا، احمد نے کھڑے ہو کر مصافحہ کیا اور اشرف کی خیریت دریافت کرنے لگا۔

''کیا ہوا اشرف بھائی؟ خاصے کمزور نظر آ رہے ہیں؟''

''ایک مہینے سے تو تُو نے کوئی خبر نہیں لی کہ میں زندہ ہوں کہ مر گیا، اب سامنے ہوں تو خیریت پوچھ رہا ہے، یہ منہ دیکھے کی محبت، پتر مجھے پسند نہیں'' اشرف نے ہلکی پھلکی ناراضی کا اظہار کیا۔

''ایسی بات نہیں ہے۔۔۔میں آپ کی خیریت اسد بھائی سے لیتا رہا ہوں، مجھے یہ بھی علم ہے آپ کا آپریشن بلڈ پریشر بڑھے رہنے کی وجہ سے نہیں ہو سکا'' احمد نے اپنی صفائی پیش کی۔

''یہ تو ٹھیک ہے، لیکن خیریت معلوم کرنے کے لیے ایک کال تو ہو سکتی تھی! گھر تو آ سکتے تھے!''

''آپ کو پتا ہے جب سے میرا موبائل چھنا ہے، میں نے دوسرا نہیں لیا، آفس کا فون میں ذاتی استعمال میں لیتا نہیں۔ رہی بات آپ کے گھر گلشنِ حدید آنے کی تو اتنی دور کے لیے ہمت نہیں کر پایا اور ویسے بھی مجھے آفس سے سیدھا گھر جانا ہوتا ہے، بیوی بچے اکیلے ہوتے ہیں' احمد نے سادگی سے جواب دیا۔

''ہر بات کا جواب ہے تیرے پاس۔۔۔خیر۔۔۔یہ بتا تیرے دل کا کیا حال ہے؟''

''اللہ کا بہت بڑا کرم ہے'' اس نے ایک ایک لفظ پر زور دیتے ہوئے سرشاری سے کہا ''دو دن پہلے ہی ای سی جی اور ایکو کرایا تھا، بہت معمولی سی رکاوٹ رہ گئی ہے، ڈاکٹر بھی رپوٹ دیکھ کر حیران تھا''۔

''یہ سب کیسے ہوا پتر۔۔۔؟'' اشرف نے تعجب سے اس کی میز کے اور قریب ہوتے ہوئے پوچھا۔

''شہد سے، میرے مرشد نے مجھے زیادہ سے زیادہ شہد کھانے اور نیم گرم پانی میں ملا کر پینے کا مشورہ دیا تھا، اس میں اللہ تعالیٰ نے موت کے علاوہ ہر مرض کے لیے شفا رکھی ہے''

''لیکن اس کے اثر کے لیے ضروری ہے کہ وہ جائز کمائی سے خریدا گیا ہو اور آئندہ کے لیے حرام کمائی سے توبہ بھی کر لی جائے'' اسد اپنی کرسی پر بیٹھتے ہوئے بولا، وہ دونوں اس کی آمد پر چونکے، انہیں اپنی گفتگو میں پتا ہی نہیں چلا کہ وہ کب کمرے میں داخل ہوا۔

''اوہو تو یہ بات کر رہا ہے، کیا گنگا نہا کر آ رہا ہے؟'' اشرف نے طنز کیا۔

''جب اوپر سے ہدایت مل جائے تو پھر کسی گنگا ونگا کی ضرورت نہیں رہتی اشرف بھائی، اللہ تمھیں بھی ہدایت دے''۔

''ابے کیا یہاں سب ہی ملاّ ہو گئے ہیں، او بھائی تو میری آج سے جوائننگ کے کاغذات بنا، سائن وائن بعد میں ہوتے رہیں گے، دھندے کا وقت ہے، میں صاحب سے مل کر چوکی پر جا رہا ہوں'' وہ یہ کہتے ہوئے برابر والے کمرے میں چلا گیا۔

دوپہر کو جب احمد اور اسد ظہر کی نماز کے لیے مسجد میں داخل ہوئے تو وہاں اشرف کو دیکھ کر حیران رہ گئے، اشرف نے بھی ان دونوں کو دیکھ لیا تھا لیکن کچھ بولا نہیں، نماز سے فارغ ہو کر اسد اور احمد مسجد سے باہر نکل آئے اور ایک درخت کے نیچے کھڑے ہو کر اشرف کا انتظار کرنے لگے، تھوڑی دیر بعد وہ بھی باہر آ گیا اور سر جھکائے ان کے پاس چلا آیا۔

''یار دیکھو، مجھ سے کوئی سوال جواب مت کرنا۔ میں دل سے ہر بات کے لیے شرمندہ ہوں'' یہ کہتے ہوئے اشرف کی آنکھوں میں آنسو جھلملانے لگے۔

اسد صورت حال کو بھانپتے ہوئے ان کے قریب آیا اور گلے میں دایاں بازوں ڈال کر بولا ''ایسی کوئی بات نہیں ہے اشرف بھائی، ہم تو یہاں تمھیں آفس اپنے ساتھ لے جانے کے لیے کھڑے تھے، تمھاری جوائننگ بھی تیار کر دی ہے''

''نہیں اسد۔۔میں ابھی مزید چھٹی کرنا چاہتا ہوں'' اسکے لہجے میں درد اُمڈ آیا تھا ''تو نے ہدایت کی بات سچ کہی تھی، میں آفس ہی آ رہا تھا کہ آج ظہر کی آذان سن کر نہ جانے کیوں میرے قدم خود بہ خود مسجد کی طرف اٹھ گئے اور۔۔۔سب کچھ بدل گیا یار۔۔۔سب کچھ''

پھر وہ احمد کی طرف مڑا اور نہایت عاجزی سے کہا ''پتر۔۔۔پانچ سو روپے ادھار تو دے۔ جلد لوٹا دوں گا''

''ارے اس غریب کے پاس پانچ سو کہاں۔۔یہ لیں مجھ سے لے لیں' اسد نے اپنی جیب سے نوٹ نکال کر اشرف کی طرف بڑھا دیا

''پگلے اس سے دگنی تگنی رقم تو میری جیب میں بھی پڑی ہے۔۔۔پھر تیری کمائی میں بھی ابھی کچھ کسر باقی ہوگی'' وہ اسد کا ہاتھ پیچھے کرتے ہوئے بولا۔

''مجھے صرف حلال کمائی کی رقم چاہیے اور وہ احمد پتر کے علاوہ کس کی ہو سکتی ہے''

''مجھے گناہ گار نہ کریں اشرف بھائی، میرے پاس یہ ساڑھے تین سو روپے ہیں، اگر آپ کے کسی کام آ جائیں تو مجھے خوشی ہوگی'' احمد نے اشرف کی جانب رقم بڑھاتے ہوئے کہا۔

''میرے خیال میں اس سے کام چل جائے گا، فی الحال کم مقدار میں خرید لوں گا'' اشرف نے رقم لے کر اپنی جیب میں رکھ لی۔

''آخر لینا کیا ہے؟'' اسد نے جھنجھلاتے ہوئے پوچھا۔

''زندگی بھر کی حرام کمائی سے دل میں جو گند جمع ہو گئی ہے، اس کی صفائی کے لیے، میرے بھائی شہد خریدنا ہے' اشرف کی بات سن کر ان دونوں کے چہروں پر مسکراہٹ پھیل گئی۔

میں بھی ڈیانا ہوں

فرخندہ شمیم

اپنی اپنی سلطنت میں دنیا کی ہر لڑکی شہزادی ہوتی ہے۔ اُسی جیسی نازک احساسات کی مالک۔۔۔اسی کی طرح ملکہ بننے کے خواب دیکھنے والی۔ چاہے وہ کوئی عام سی لڑکی ہی کیوں نہ ہو سکول ٹیچر ڈیانا کی طرح۔ کسی بھی ڈیانا کو اس کے شہزادی ہونے کی تمنا کو نہیں روکا جا سکتا۔۔۔ جہاں تک میری بات ہے میں تو مکمل ڈیانا جیسی ہوں۔ ایک سکول میں پڑھاتی تھی جب ناصر نے مجھ سے کہا تھا۔

’’فرزانہ۔۔۔آپ تو بالکل پرنسس نظر آتی ہیں۔ کسی محل کے سپید ستونوں جیسی رنگت، محل کے ہال کمروں میں جلتے فانوس جیسی آنکھیں، آرائشی محرابوں جیسا بدن، سنہری بال اور انیس سال کی عمر‘‘۔ آپ تو ہو بہو لیڈی ڈیانا جیسی ہیں۔ تب میں ناز و ادا میں اور بھی تن گئی تھی۔۔۔’’اپنی تعریف خود کرنا اچھا تو نہیں لگتا لیکن میں بھی کسی چارلس سے کم نہیں ہوں‘‘ وہ ہنسا تھا۔

’’تیسری دنیا میں رہنے والا ایک باشندہ اگر ایک کارخانے کا مالک ہو، عالی شان کوٹھی میں رہتا ہو اور مستقبل میں اپنے باپ کے کل اثاثوں کا اکلوتا وارث ہو تو وہ بھی کسی شہزادے سے کم نہیں ہوتا۔‘‘ ناصر نے ایک خوبصورت اعتماد کے ساتھ کہا تھا۔ پھر وہی ہوا جو لیڈی ڈیانا کے ساتھ ہوا تھا۔ میں اپنے شہزادے کے ساتھ اس کے محل میں آباد ہو گئی۔ محل کا ڈسپلن بڑا سخت تھا۔ میری ساس بڑی بااصول تھیں۔ گھر میں نوکروں کی ایک لمبی قطار تھی جس سے وہ بڑی مہارت اور ہوشیاری کے ساتھ نمٹتی تھیں۔ اسی قطار میں وہ کبھی کبھی مجھے بھی شامل کر لیتی تھیں اور ان کا رویّہ میرے ساتھ بھی ایک ملازم جیسا ہو جاتا تھا۔ ایسے میں، میں پریشان سی ہو جاتی۔

ناصر کی غیر مشروط محبت نے میری چاہت کو اس کے احترام میں بدل دیا تھا اور میں ایک حسنِ بے بہار رکھنے کے باوجود اِترانا چھوڑ چکی تھی۔ جب ناصر کو یہ یقین ہو گیا کہ میں اس کی محبت میں اپنی جان بھی دے سکتی ہوں تو وہ ایسے مطمئن ہو گیا جیسے کوئی زندگی کا بیمہ کرانے کے بعد حادثے سے بے خوف ہو جاتا ہے۔ اس دوران میرے سسرال میں میرے حُسن اور انداز کے چرچے عام ہو چکے تھے۔ ناصر کی کزنز اور رشتہ دار لڑکے ہم دونوں کو رشک کی نظر سے دیکھتے تھے۔ ناصر نے ایک سے ایک ڈریس اور ایک سے بڑھ کر ایک گہنا دنیا بھر سے منگوا کر میری نذر کر دیا تھا اور میں انہیں پہن کر بالکل ڈیانا جیسی لگتی تھی۔

میرا خیال ہے حسن میں ایک عجیب سا اعتماد ہوتا ہے کبھی کبھی بہت اونچی اڑان اڑنے لگتا ہے اور نیچے زمین پر کھڑے محل بھی اُسے جھونپڑی دکھائی دیتے ہیں۔ مجھے یہ احساس بھی دلایا جاتا تھا کہ ناصر بے شک پرنس چارلس کی طرح بااثر ہے لیکن جس طرح چارلس شکل وصورت میں ڈیانا سے کئی قدم پیچھے کھڑا نظر آتا تھا اسی طرح ناصر بھی میدانِ حسن کا محض سپاہی ہے میں ڈیانا جیسی سحر انگیز اور نوخیز ہوں اور ناصر مجھ سے بہت دبتا ہے لیکن سیانے کہتے ہیں کہ مرد کے لیے صرف سٹیٹس ہونا ضروری ہوتا ہے جو اس کے ان گنت عیب چھپا لیتا ہے بالکل جس طرح حُسن عادتوں کی بدصورتی پر اکثر پردہ ڈالے رہتا ہے۔ خوبروئی کے بعد میری زندگی کی دوسری بڑی خوشی میری کوکھ کے صحن میں اترنے والا وہ پہلا چاند تھا جیسے ناصر کی ریاست کا ولی عہد بننا تھا۔ اس نے بلا تکلف اپنے بیٹے کا نام کراؤن پرنس رکھ چھوڑا تھا۔ میرے بیٹے کو بھی اپنی دادی یعنی مادر ملکہ کے نظم و نسق کا سامنا تھا۔ ابتدائی عمر ہی میں اُسے بورڈنگ سکول بھجوا دیا گیا۔ میری آغوش سونی ہو گئی۔ چند سال بعد وہ کھیلوں کی تربیت پر چلا گیا۔ بعد میں اُسے آسٹریلیا بھیج دیا گیا پڑھنے کے لیے میں ہکا بکا دیکھتی رہ گئی۔ کچھ نہ بول سکی۔ ناصر ایفائے محبت کے نام پر مجھ سے کبھی ختم نہ ہونے والے انتظار کا وعدہ لے چکا تھا۔

اس نے دوبارہ میری گود بھی آباد نہیں کی۔ اس کا بیشتر وقت بزنس سپاٹس اور نائٹ کلبوں میں گذرنے لگا تھا۔۔۔ میں بے زار ہونے لگی۔ خود کو مصروف رکھنے کی کوشش کی لیکن کہاں کرتی۔۔۔ ساس، ماں نہیں بن سکتی تھی جو اُسے اپنی تنہائیوں کے نوحے سناتی، سہیلی بنانے کی اجازت نہیں تھی کہ میرے محل جیسے سسرال میں باہر سے صرف باندی آ سکتی تھی سہیلی نہیں۔ والدین میرے تھے نہیں جوان کی چھاؤں میں روتی ہوئی عمر کاٹ لیتی۔۔۔ میرا شوہر گھر نہیں آتا تھا۔۔۔ مجھے اپنا آپ ایک اکیلی شہزادی جیسا لگنے لگا تھا۔ جس کے پاس سچ مچ کے زرو جواہر ہوں اور سچ مچ کا ہیروں جیسا حُسن، لیکن اس کا قدر دان کوئی نہ ہو۔

ایک دن تو مجھ پر قیامت ہی ٹوٹ گئی۔۔۔ میری اس قدر بے حرمتی ہو گی یہ تو میں نے سوچا تک نہیں تھا۔ ناصر ان ساری امانتوں میں جو اس کے جسم میں میری تھیں، خیانت کر چکا تھا۔۔۔ میں نے اُسے سونگھتے ہی بتا دیا تھا کہ اب اس کے اندر کوئی استعمال شدہ خوشبو ناچ رہی ہے۔۔۔ وہ بھاؤ کھا گیا۔۔۔ پے در پے طمانچے اس نے میرے رخسار پر جڑ دیے۔ میرا شک یقین میں بدل گیا۔ اس نے واقعی چوری کی تھی۔ تھانے دار کب برداشت کرتا ہے کہ اس کی چوری عملے کا کوئی معمولی سا سپاہی پکڑ لے۔ وہ اسے جرم ضعیفی کے عوض لاک اپ میں بند کر دیتا ہے۔ میرے چارلس کی زندگی میں بھی ایک پامیلا پار کر آ چکی تھی۔ جو آزادی سے Move کر سکتی تھی جبکہ میں قیدِ شہزادی میں بند گھر سے باہر نہیں نکل سکتی تھی۔

اچانک ناصر نے گھر میں میرے الاؤنسز بڑھا دیے۔ میرا جیب خرچ تگنا کر دیا۔ اس نے مجھے سب کچھ دے دیا لیکن اپنا آپ دوبارہ نہیں سونپا۔ میں اس کے چہرے پر چارلس کی بے رخی اکثر دیکھتی تھی جو ڈیانا کے لیے اس کے

وجود میں رچی ہوئی تھی۔ انہی دنوں کشیدگی اتنی بڑھی کہ ڈیانا نے چارلس کا محل چھوڑ دیا۔ مادر ملکہ نے طلاق کی تیاریاں مکمل کرلیں۔ ڈیانا تنہا زندگی سے اوب چکی تھی۔ پیرس کے ساحلِ سمندر پر اپنے دوست کے ساتھ گھومنا اب اُسے برا نہیں لگتا تھا۔

اب میں بھی اوب گئی ہوں اپنے شہزادے سے جسے مانگنا میری زندگی کی پہلی عبادت تھی۔ میں نے سوچ لیا ہے میں بھی ناصر کا گھر چھوڑ دوں گی۔ مجھے بھی کسی ڈوڈی الفائد کی ضرورت پڑے گی لیکن بس۔۔۔ یہاں میں ڈیانا سے ذرا مختلف ہوں۔ میں ڈوڈی الفائد کو اپنانے سے پہلے ساحلِ سمندر کی ریت پر ننگے پاؤں اس کے ساتھ دوڑ نہیں لگاؤں گی۔

''ایڑی میں آنکھ''

نجیب عمر

آ ؤشفیق،ادھر آجاؤ۔

وہ شفیق کو لیے ڈرائنگ روم میں آ گیا۔اس نے بیگم کو آواز دی۔

''کومل شفیق کے لیے چائے اور ساتھ کچھ وائے ضرور لانا''۔

شفیق ہنسنے لگا اور بولا ''بھابی کو کیوں زحمت دیتے ہو،تم تو جانتے ہو، اتوار کی صبح تم سے ملے بنا طلوع ہی نہیں ہوتی''

''یہ میں بھی جانتا ہوں اگر تمہیں آنے میں دیر ہو جائے تو پھر میں تم سے ملنے چل پڑتا ہوں''

تھوڑی دیر بعد کومل چائے کی ٹرے لیے داخل ہوئی جس میں کیک بھی رکھا تھا۔

''کل تمہاری بھابی کی سالگرہ تھی۔یہ کیک اس کی باقیات ہیں''

''تم نے ذکر نہیں کیا،ورنہ میں کوئی گفٹ لے کر آتا''

''ڈونٹ بی فارمل،میں اور کومل تمہارے خلوص کی قدر کرتے ہیں، خیری ہمارا ساتھ تو بیس برس پرانا ہے تاہم کومل بھی تمہیں دو سال سے جانتی ہے۔شفیق اب تمہاری شادی بھی ہو جانی چاہیے۔کہاں ہم منصوبہ بنایا کرتے تھے کہ ایک گھر میں دو بہنیں ڈھونڈیں گے اور شادی کے ذریعہ ہم دوستی کو رشتے داری میں بدل دیں گے۔لیکن انسان سوچتا کچھ ہے اور اوپر والے کی مرضی کی ہمیں خبر نہیں ہوتی''

''اسی لیے تو کہتے ہیں، مین پر پوزز اینڈ گاڈ ڈسپوزز'' شفیق نے لقمہ دیا۔

''لیکن میرا خیال ہے اب شادی میں مزید تاخیر نہیں ہونی چاہیے۔اگر تمہاری مرضی شامل ہو تو ہم کومل کو بھی مارکٹنگ میں لگا دیتے ہیں''

''اس سے اچھی کیا بات ہوگی۔میں شفیق بھائی کے کسی کام آجاؤں'' کومل نے اضافہ کیا۔

شفیق کے جانے کے بعد کومل نے دریافت کیا ''یہ تو معلوم ہونا چاہیے کہ شفیق بھائی کی پسند کیا ہے تاکہ اس کے مطابق لڑکی تلاش کی جائے،شفیق کوالیفائڈ،ریپوٹڈ ملازمت،بھلا خاندان انہیں رشتے کی کمی نہیں ہونی چاہیے۔لیکن میں نے سنا ہے کہ انہیں کوئی لڑکی پسند نہیں آتی۔ان کے خاندان کے لوگ بھی سرگرم ہوں گے۔ہم بھی کوشش کر لیتے ہیں۔میری تو کوئی بہن نہیں ورنہ آپ لوگوں کے منصوبہ کی تکمیل ہو سکتی تھی۔''

''کومل!خیر تمہاری نظر میں کوئی لڑکی ہو تو بتانا ضرور''

میرے میاں کے ایک دوست ہیں بلکہ جگری دوست۔دانت کاٹے روٹی جیسا تعلق ہے۔ماشاءاللہ اچھی خاصی پرسنالٹی ہے۔اچھی ملازمت ہر طرح آسودہ حال۔انہیں کوئی لڑکی پسند نہیں آتی۔ایک عدد دلہن کی تلاش ہے۔اب مجھے بھی اس تلاش میں شامل کر لیا گیا ہے۔کچھ باتیں ایسی ہیں جو میں اپنے میاں سے ڈسکس نہیں کر سکتی۔سوچا تم میری ہمراز ہو،تم مجھے صائب مشورہ دے سکتی ہو۔

وائی ناٹ،کومل۔ضرور،کبھی ہمیں بھی تو ملواؤ۔میں تم سے سینئر ہوں اور قیافہ شناسی میں مجھے قدرے دخل ہے۔میں ان سے مل کر ہی کوئی پروپوزل دے سکتی ہوں۔

تم کسی دن میرے گھر آجاؤ،ملوائے دیتی ہو۔لیکن تم نے تو میری بات سنی نہیں۔

ارے سناؤ بھئی،میں ہمہ تن گوش ہوں۔

''شفیق جیسے لوگ ہمارے معاشرے میں خواب وخیال کی دنیا میں رہتے ہیں۔ایسے کنوارے پٹھے پر ہاتھ رکھنے نہیں دیتے۔سنا ہے موصوف کے آگے کئی پروپوزل رکھے گئے لیکن انہوں نے تمام رد کر دیئے۔ان کی بوڑھی ماں نے تو یہاں تک کہہ دیا شفیق جہاں کہے میں شادی کے لیے راضی ہوں بس اس کا گھر بس جائے''

دیکھتے ہیں تمہاری قیافہ شناسی کہاں تک ہمارے کام آتی ہے۔

تمہارا ایک ڈیمو مجھے یاد ہے۔شادی کی ایک تقریب میں تمہارے ایک شناسا نے تمہارا امتحان لیا کہ اس تقریب میں اس کے پانچ بھائی اور دو بہنیں موجود تھیں جنہیں تم جانتی نہیں تھیں تاہم تم نے ان کے چار بھائیوں اور دو بہنوں کو ڈھونڈ نکالا۔سائل نے کہا میرا ایک بھائی ابھی رہتا ہے اُسے کھوج لیجیے میں آپ کی سو فی صد کامیابی کا اعلان مائیک پر کر دونگا۔تم پھر سرگرم ہو گئیں لیکن پندرہ منٹ بعد تم نے دعویٰ کر دیا کہ ان کے وہ بھائی اس وقت شادی ہال میں نہیں اب سائل کے پاس فرار کی کوئی راہ نہیں تھی اور انہوں نے اعتراف کیا کہ بجا میرے ایک بھائی سمندر پار ہیں۔پھر تم نے مہابھارت کا وہ تاریخی جملہ دہرایا تھا کہ بیوپاری آئندہ کسی سور یہ ونشی آریہ ورت کو آزمانے کی غلطی نہیں کرنا۔

یہ تو قیافہ شناسی کا معمولی مظاہرہ ہے۔عربوں کو اس میں کمال حاصل تھا۔دو بھائی ساتھ ساتھ سو رہے تھے۔سائل نے قیافہ شناس سے کہا میں چادر ہٹائے دیتا ہوں۔آپ دونوں جوانوں کے درمیان رشتہ معلوم کیجیے۔اس نے جواب دیا اس کی ضرورت نہیں اور چادر ہٹا کر صرف ٹخنہ اور پنجہ دیکھ کر بتا دیا کہ یہ سوتیلے بھائی ہیں یعنی ان کی ماں ایک ہے لیکن والد مختلف۔جواب سن کر

سائل نے سر پیٹ لیا کہ یہ تو سگے بھائی ہیں۔ قیافہ شناس نے کہا۔ ان جوانوں کی ماں ہی میرے دعویٰ کی تصدیق کر سکتی ہے۔ کوئی اور نہیں اور اس کے لیے بھی انہیں غیر معمولی جرأت کا مظاہرہ کرنا ہوگا۔

''خیر بہت ہوگئی قیافہ شناسی اب میری اڑچن سنو۔ میری ایک آبزرویشن ہے۔ مجھے لگتا ہے جیسے شفیق صاحب کی شخصیت ہمارے سامنے پوری طرح کھلی نہیں ہے۔ جب میں اپنے میاں سے ذکر کرتی ہوں تو وہ اسے تسلیم نہیں کرتے۔ کہتے ہیں ان کے لڑکپن کا ساتھی ہے اور ان کے درمیان کوئی پردہ نہیں۔

''تم جانو، کچھ لوگ اپنے راز اس طرح پالتے ہیں کہ کسی کو ہوا بھی نہیں لگنے دیتے۔ بہرحال یہ میرا قیاس ہے۔ ممکن ہے غلط ہو، مجھے شفیق سے ہمدردی ہے۔ اس کا گھر بس جائے میرے لیے خوشی کی بات ہوگئی''

''اچھا، اب شفیق صاحب سے جلد ملاقات کی سبیل نکالو تا کہ میں قیافہ شناسی کا عملی مظاہرہ کر سکوں''

''ایک شام یہ اہتمام بھی ہوگیا۔ دوسرے روز کومل نے اپنی دوست کو صبح سویرے ہی جگا دیا۔ ہاں بھئی تمام رازوں سے جلدی پردہ اٹھاؤ میں نے رات بڑی مشکل سے گزاری''

''ارے صبر کرو۔ میرے حواس تو بحال ہونے دو۔ میں ناشتے کے بعد تمہیں فون کرتی ہوں''

دوست کی روداد سن کر کومل کو بڑی مایوسی ہوئی۔ کوئی سین سیشن ہی نہیں کہ ''شفیق ایک سنجیدہ اور بردبار شخص ہے، مہربان اور پرخلوص کوئی پھل کپٹ نہیں۔ چلو ہم مل کر ان کے لیے ایک مناسب ناکتخدا ڈھونڈتے ہیں اور اپنے میاں سے کہنا ذرا ڈٹ کر پروپوز کریں آخر دام میں آ ہی جائیں گے''

دو مہینے کی تگ و دو کے بعد وہ ہیرا تلاش کر ہی لیا گیا کہ وہ مہتاب سے بھی سوا تھی جس میں کوئی داغ نہیں۔ ہاتھ لگاؤ تو لگتا تھا میلی ہو جائے گی۔ خاندانی پس منظر اعلیٰ وارفع۔ تعلیم یافتہ۔

کومل نے اپنی دوست سے کہا ''دیکھتے ہیں کیسے انکار کرتے ہیں اور وہی ہوا کہ شفیق نے اپنے دوست سے فیصلہ کرنے کے لیے ہفتے بھر کی مہلت مانگ لی۔ کومل اور اس کے میاں کو سو فیصد مثبت جواب کی توقع تھی۔

لیکن مہلت ختم ہونے سے دو روز قبل شفیق اپنے دوست کو لے کر لانگ ڈرائیو پر نکلا اور ایک سنسان جگہ گاڑی روک کر جب شفیق نے اپنا انکار سنایا تو اسے حیرت کے ساتھ ساتھ مایوسی بھی ہوئی لیکن شفیق بولتا گیا۔

اس مرتبہ کومل بھابی کا انتخاب اتنا عمدہ اور شاندار ہے کہ میں سرسری انکار نہیں کر سکتا اسی لیے میں تمہیں یہاں لے آیا۔

میرے دوست ہمارا دیرینہ ساتھ ہے اور ہم ایک دوسرے کے لیے کھلی کتاب ہیں لیکن میرے دل میں ایک پھانس چبھی ہوئی ہے جس کے عواقب و نتائج مجھے چین سے رہنے نہیں دیتے۔ آج میں تمہارے سامنے اعتراف کرنا چاہتا ہوں میں پارسا نہیں۔ آج سے تین سال قبل حادثاتی طور پر ایک لڑکی میری زندگی میں آئی اور ہم تمام حدود و قیود پار کر گئے۔ یہاں تک تو احساسِ گناہ اور احساسِ ندامت لیکن جب سے مجھے اس حقیقت کا ادراک ہوا ہے مجھے کسی پل چین نہیں۔

وضاحت تو کرو میں کچھ سمجھ نہیں پا رہا۔

مجھے بتایا گیا کہ یہ کائنات کی اٹل حقیقت ہے۔ اللہ تعالیٰ کا مبنی بر انصاف قانون ہے کہ پاک مردوں کے لیے پاک عورتیں، بدکاروں کے لیے بدکار۔

میں تمہاری بات سمجھنے کی کوشش کر رہا ہوں۔

یعنی میری ہونے والی بیوی Virgin (کنواری) نہیں ہوگی، چاہے میں کچھ کر لوں۔ اب تم بتاؤ میں کیا کروں؟

میرے گمان میں بھی نہیں تھا کہ اللہ کے حدود توڑنے کا ایسا بھیانک انجام بھی ہو سکتا ہے۔

یہی سبب ہے کہ میں شادی سے ہی انکاری ہوں۔ امیدوار کے کوائف سے ہٹ کر۔ مثلاً اس مرتبہ بھابی کومل نے میرے لیے جو انتخاب پیش کیا ہے میں ایک لفظ بھی نہیں کہہ سکتا۔ لیکن میری سوچ کچھ یوں ہے کہ اگر موصوفہ پاکباز ہیں، میرا رشتہ ہی نہیں ہوگا اور دوسری صورت میں تم سمجھ رہے ہو میں کیا کہنا چاہتا ہوں۔

میرے یار تم نے تو مجھے بھی چکرا دیا۔ اب مجھے بھی غور و فکر کے لیے تھوڑا وقت چاہیے۔

کومل کافی دیر خاموش رہنے کے بعد گویا ہوئی۔ میں کوئی عالمِ غیب نہیں لیکن شفیق سے متعلق ایک انجانی سی الجھن کا شکار تھی اور اسے کوئی نام نہیں دے پا رہی تھی۔

اب شفیق بھائی کا علاج یہ ہے کہ وہ اپنی بھول کا ازالہ آنے والی کے لیے معافی اور درگزر میں تلاش کریں۔ اس سے ان کا اپنا ضمیر ہلکا ہوگا۔ اعلیٰ کردار کا مظاہرہ کرتے زندگی کے کسی مرحلے میں یہ سب کچھ سامنے آ جائے تو فراخدلی کا ثبوت دیتے ہوئے سب کچھ بھول جائیں۔

کومل کے شوہر نے یہی بات شفیق کے سامنے رکھی۔ جسے اس نے صدقِ دل سے قبول کیا۔ اس احساس نے کہ وہ کسی کو معارف کرنے جا رہا ہے۔ کسی کی خطاپوشی کرنے والا ہے۔ اس کو روحانی بالیدگی حاصل ہونے لگی۔ اس کا دل اعتماد سے بھر گیا۔

دوسرے روز شفیق اپنے دوست اور کومل کے سامنے تھا اور رشتے کے لیے ہاں کر دی۔

☆

☆ ''عورت کی ایڑی میں بھی آنکھ ہوتی ہے'' عصمت چغتائی

مکمل ہوتا ہوا نوٹ

نصرت بخاری

''کتنے پیسے ادھر اُدھر کر دیتے ہو، مجھ سے بھی فضول خرچی ہو جاتی ہے،تم نے تو کبھی پروا نہیں کی تھی۔ایک ٹکڑا گم ہو گیا تو پریشان ہو رہے ہو۔پانچ سو کا پورا نوٹ ہوتا تو بھی کوئی بات نہیں تھی۔تمھاری آج کی چھٹی تو اسی کی نذر ہو گئی۔دن کو کھانا بھی نہیں کھایا۔اب شام ہو گئی ہے۔تھوڑا آرام کر لے۔یہیں کہیں کھونے کھدرے میں پڑا ہو گا۔صبح ملازمہ جھاڑو دے گی تو مل جائے گا''۔حبیب کی ماں نے اسے سمجھایا

اب وہ ان کو کیسے بتاتا کہ یہ کوئی عام ٹکڑا نہیں تھا۔اس کو رہ رہ کے وہ دن یاد آ رہے تھے جب وہ یونی ورسٹی میں ایم اے کا طالب علم تھا۔پہلے چند دن کوئی بھولنے والی چیز تھے،جب اس کے تیور بتاتے تھے کہ یونی ورسٹی میں نو وارد ہے،گھبرایا گھبرایا سا،خوف زدہ آنکھیں؛چہرے کے خدوخال میں رچی معصومیت ،چلتے چلتے ڈگمگا سا جاتا۔اس کا انداز آپ بتاتا تھا کہ وہ کسی دیہاتی علاقے سے تعلق رکھتا ہے۔وہ رک رک کر جلترنگ جیسی میٹھی آواز والی پریوں جیسی حسین لڑکیوں کو حیرت سے دیکھتا؛جو اس پر ایک عام سی نظر ڈال کر آگے گزر جاتیں،ان لڑکیوں کو دیکھ کر یہ کسی خیال میں کھو جاتا اور پھر یکا یک کسی خیال سے خود بخود سہم سا جاتا۔

''پہلی بار آنکھ کھولی ہے؟''قریب سے گزرتے ہوئے لڑکوں کی ٹولی میں سے کسی نے اس کی حالت دیکھ کر جملہ کسا۔

''وہ بھی یونی ورسٹی میں''۔سب کھلکھلا کے ہنس پڑے۔پھر وہ گروپ ہاتھوں پر ہاتھ مارتا اس کی نگاہوں سے اوجھل ہو گیا

اس کے اوسان تو پہلے ہی خطا ہو رہے تھے؛اس صورتِ حال سے وہ اور سراسیمہ ہو گیا۔یہ صورتِ حال دیکھ کر اس نے کتابوں اور مطالعے میں پناہ لی۔دوسرے طلبہ سمجھتے تھے کہ یہ کتابیں اور کاپیاں ہی اس کی دنیا ہے کیونکہ وہ کسی سے غیر ضروری بات تک نہ کرتا تھا؛لیکن ایسا ہرگز نہیں تھا۔بھلا کسی نے یہ منظر دیکھا ہے کہ آگ جل رہی ہو اور گھی نہ پگھلے؛اس کو خوابوں میں بھی لڑکیوں کے وجود کی خوش بو آتی رہتی؛اگر رات کو کسی وقت آنکھ کھل جاتی تو یہ اُٹھ اُٹھ کر دیکھتا کہ ابھی صبح کتنی دور ہے۔لیکن چونکہ یونی ورسٹی میں نو وارد تھا،اور ابھی کوئی دوست بھی ایسا نہیں بنا تھا جس سے اس معاملے میں کوئی بات کرے۔یونی ورسٹی میں اس صورتِ حال سے دوچار صرف یہی ایک نہیں تھا؛دور دراز کے دیہاتی علاقوں سے آنے والا تقریباً ہر لڑکا اس عجیب و غریب کیفیت میں مبتلا تھا۔پھر اس تمام گھبرائی ہوئی مخلوق نے اپنا ایک گروہ بنا لیا۔رفتہ رفتہ ان کا اعتماد بحال ہونے لگا تھا۔پھر تو ان کے پر پرزے نکلنا شروع ہو گئے۔

''یار آؤ ایک کام کرتے ہیں؟''ایک دن اسی گروہ کے ایک رکن نے کہا

''وہ کیا''؟

''اپنی اپنی پسند بتاتے ہیں؟''

کیا مطلب؟

''بھئی یہی کہ کس کو کون سی لڑکی پسند ہے''؟

''مجھے نیلم پسند ہے''۔اسی لڑکے نے پہل کرتے ہوئے دل کھول کر سب کے سامنے رکھ دیا۔

''مجھے تو دردانہ پسند ہے''۔دوسرے نے بھی جھٹ اپنی پسند بتا دی

''تم یہاں پڑھنے آئے ہو یا عشق لڑانے ،ماں باپ کے پیسے یوں ہی بے کار چلے جائیں گے؛اور یہ جو لڑکیاں ہیں نا ،جو کبھی کبھار تمھاری طرف مسکرا کر دیکھ لیتی ہیں اور تم لوگ فوراً ان کے شوہر بننے کے خواب دیکھنے لگتے ہو،یہ تمھارے ہاتھ نہیں آنے والی''۔اس نے ناصح بنتے ہوئے کچھ ایسے انداز میں کہا کہ باقی لڑکے شرمندہ سے ہو گئے اور بات آئی گئی ہو گئی۔

اگرچہ اس نے اپنی پسند کے بارے میں نہیں بتایا تھا لیکن اس کا مطلب یہ نہیں تھا کہ اس کو کوئی پسند نہیں تھا۔اس کے دل کے نہاں خانے میں شمشاد کب کی بسیرا کر چکی تھی؛اور وہ بھی اس کے جذبات سے غافل نہیں تھی،مگر دونوں طرف سے ابھی تک کسی نے اظہارِ محبت نہیں کیا تھا۔اسے وہ دن اچھی طرح یاد تھا جب ایک دن ہال میں ایک تقریب کے دوران فیصلہ کیا گیا کہ ہر لڑکا اپنے حصے کی پرچی اٹھائے گا اور اس پرچی پر جو کچھ لکھا ہو گا ،اس کو اسی کی اداکاری کرنا ہو گی۔وہی کچھ کرنا ہو گا۔اس تقریب میں لڑکے آتے گئے اور اپنے اپنے حصے کی اداکاری کرتے گئے؛لیکن اس تقریب میں اس کی توجہ کا مرکز صرف اور صرف شمشاد تھی۔اس دن تو وہ بہت خوب صورت دکھائی دے رہی تھی۔اس کا قرعہ نکالا گیا تو اس پر بھیک مانگنا لکھا تھا۔اس نے فقیروں کی سی چال چلتے ہوئے شمشاد کے آگے دامن پھیلا دیا۔اس کی اداکاری حقیقت کے اتنے قریب تھی کہ تمام حاضرین بہت محظوظ ہوئے۔یہ بات صرف وہ اور شمشاد جانتے تھے کہ یہ اداکاری نہیں حقیقت ہے۔شمشاد نے اپنے پرس سے چند سکے نکال کر اس کی جھولی میں پھینک دیے اور کہا''بابا دعا کرنا''۔اس اداکاری پر ہال میں قہقہے گونج اٹھے۔اس کے بعد ان کی با قاعدہ ملاقاتوں کا سلسلہ شروع ہو گیا۔

''شاید ہم زندگی میں کبھی ایک نہ ہو سکیں''۔ایک دن شمشاد کا ضبط اس خدشے کی راہ نہ روک سکا۔

"یہ الہام آپ کو کب ہوا؟"۔

"حقیقت پسند بن کر سوچو۔ہم ایک شہر میں نہیں رہتے، ہماری آپس میں رشتہ داری نہیں، پھر بھلا ہم کیسے ایک ہو سکتے ہیں۔میں تو کہتی ہوں شاید یونی ورسٹی سے فارغ ہونے کے بعد ہم کبھی ایک دوسرے سے مل بھی نہ سکیں"۔

"چلو ایک وعدہ کرتے ہیں، ہم ہمیشہ رابطے میں رہیں گے، اور اگر ایک نہ ہو سکے تو کبھی شادی نہیں کریں گے؛ ہم ایک دوسرے کا انتظار کریں گے۔اگر ہماری نیت ٹھیک ہوئی تو خدا ضرور ہماری مدد کرے گا"۔

"مجھے منظور ہے"۔

"یہ پانچ سو کا نوٹ ہے، آدھا تم رکھ لو، آدھا میرے پاس رہے گا۔یہ آدھا نوٹ ہمیں ہمیشہ ایک دوسرے کی یاد دلائے گا۔مجھے یقین ہے کہ یہ آدھا نوٹ ایک دن ضرور مکمل ہوگا"۔اس نے نوٹ کے دو ٹکڑے کر کے ایک شمشاد کو دے دیا۔

فائنل امتحان کا اعلان ہو چکا تھا اور جدائی کے دن قریب آ رہے تھے۔ایک ہفتے بعد ان دونوں سمیت فائنل امتحان دینے والے تمام طالب علم ہمیشہ کے لئے ایک دوسرے سے جدا ہو جائیں گے، شاید زندگی کے کسی موڑ پر پھر ملاقات ہو جائے۔لیکن یونی ورسٹی چھوڑنے سے پہلے ایک حادثہ ہو گیا۔ایک طلبہ تنظیم کا رکن اپنے کمرے میں مردہ پایا گیا، اسے قتل کیا گیا تھا۔جس کی وجہ سے یونی ورسٹی میں فضا صبح سے ہی کشیدہ تھی۔

طلبہ و طالبات اپنی کلاسوں میں جا چکے تھے لیکن ہر ایک کے چہرے پر خوف صاف پڑھا جاتا تھا۔

پھر وہی ہوا جس کا خطرہ تھا۔کچھ ہی دیر بعد یونی ورسٹی میں فائرنگ ہونے لگی، طلبہ و طالبات کے ہوسٹل کو آگ لگا دی گئی، کوئی اپنے کمرے میں واپس نہ جا سکا۔کسی کو کسی کی کوئی خبر نہیں تھی۔سب اپنی جان بچانے کے لیے بھاگ رہے تھے۔اسی افراتفری میں شمشاد اور وہ بھی ایک دوسرے سے بچھڑ گئے۔رابطے کی کوئی صورت نہیں تھی۔چونکہ کلاس میں موبائل لانے کی اجازت نہیں تھی، اس لیے دونوں کے موبائل کمروں ہی میں رہ گئے، جس کو آگ چاٹ چکی تھی۔یونی ورسٹی انتظامیہ نے حالات کو دیکھتے ہوئے ایک ماہ کے لیے یونی ورسٹی بند کر دی۔

حبیب تعلیم مکمل کر کے کچھ عرصہ بے روزگاری کی زد میں رہا اور یہی بے روزگاری اسے ہانک کر شہر لے آئی۔یہاں اسے ایک ادارے میں ملازمت مل گئی۔اب تو دس بارہ سال سے وہ اسی ادارے کے لیے کام کر رہا تھا اور وہ اس ادارے کا ایک نیک نام آفیسر تھا۔اس کے پاس دنیا کی ہر خوشی تھی۔اگر کمی تھی تو شمشاد کی۔وعدے کے مطابق اس نے ابھی تک شادی نہیں کی تھی۔اسے شمشاد کا انتظار تھا۔اپنے طور پر اس نے اس تک پہنچنے کی بہت کوشش کی مگر اسے کامیابی نہیں ہوئی۔اس کے باوجود اسے یقین تھا کہ وہ اس کی زندگی میں ضرور آئے گی۔

اس نے وہ پانچ سو کے نوٹ کا ٹکڑا سنبھال کے رکھا ہوا تھا؛ اور وہی نوٹ آج کہیں گم ہو چکا تھا، اور امی کہتی ہیں ایک ٹکڑا ہی تو ہے۔ان کے لیے بے شک یہ ٹکڑا ہی ہوگا مگر اس کے لیے تو یہ دنیا کی سب سے قیمتی شے تھی۔وہ جب بھی اسے دیکھتا گویا شمشاد اس کے سامنے آجاتی۔

وہ اس ٹکڑے کو یوں تلاش کر رہا تھا جیسے شمشاد کو تلاش کر رہا ہو۔بس ایک چیز کی تلاشی رہ گئی تھی یعنی اس کی بھتیجی منی کے بیگ کی۔وہ الماری کے اوپر پڑا تھا؛ منی کی یہ عادت تھی کہ وہ بچوں کے ساتھ کھیلتے کھیلتے گھر بھر میں بکھرے کاغذ اپنے بیگ میں ڈالتی رہتی اور اپنی نگرانی میں وہ بیگ الماری کے اوپر رکھوا دیتی کہ مبادا اس کے بیگ سے کوئی کاغذ نکال لے۔الماری بڑی تھی اس لیے بیگ تک پہنچنے کے لیے اسے کرسی کا محتاج ہونا پڑا۔اس کی محنت رنگ لائی اور بیگ سے وہ نوٹ برآمد ہو گیا۔نوٹ پا کر وہ خوشی خوشی کرسی سے اتر رہا تھا کہ وہ پھسل گئی جس سے اس کے سر پر ایسی چوٹ لگی کہ بے ہوش ہو گیا۔اسے ہسپتال لے جایا گیا۔ہسپتال کے ایمرجنسی روم میں جب اس کو ہوش آیا تو اس نے دیکھا کہ ڈاکٹر ایک بے ہوش لڑکی پر جھکا ہوا تھا۔لڑکی کی ماں ایک عورت کو بتا رہی تھی:"شادی نہیں کرتی بہن، میں نے بہت کوشش کی ہے، اس کے ساتھ کھیلنے پڑھنے والی چار چار بچوں کی مائیں ہیں"۔

"یہ حادثہ کیسے پیش آیا"

"یہ پانچ سو کے نوٹ کا ایک ٹکڑا سنبھال رکھتی تھی؛ آج وہ گم ہوا تو اسے ڈھونڈتے ڈھونڈتے کرسی سے گر گئی۔

اس نے غور سے دیکھا تو وہ زخمی لڑکی شمشاد تھی۔اسی اثنا میں اسے بھی ہوش آ چکا تھا۔وہ اس کی ماں کی گفتگو سن رہی تھی جو ایک عورت کو بتا رہی تھی :شادی نہیں کرتا بہن، میں نے بہت کوشش کی ہے، اس کے ساتھ کھیلنے پڑھنے والے چار چار بچوں کے باپ ہیں۔شمشاد نے حیرت اور خوشی سے اس کی طرف دیکھا۔پانچ سو کا نوٹ مکمل ہونے لگا تھا۔

وقت کی ریت

احسان بن مجید

شہر کے گنجان علاقہ میں ایک تین منزلہ عمارت کی دوسری منزل کے کمرہ نمبر چار میں رہائش اختیار کیے اسے کم وبیش گیارہ ماہ گزر چکے تھے۔ یہ عمارت اس کے دفتر سے زیادہ قریب تو نہیں البتہ قریب ضرور تھی۔ اس سے قبل اس نے دفتر کے قریب تر ایک اپارٹمنٹ کرائے پر حاصل کیا تھا، یہاں اسے ایک سہولت یہ تھی کہ بروقت دفتر پہنچ جاتا اور باس کی گھرکیوں سے بچ جاتا تھا لیکن اس کے برعکس ایک تلوار ہمہ وقت اس کے سر پر لٹکتی رہتی کہ وقت بے وقت باس اس کو دفتر بلا بھیجتا اور اس کو آنا پڑتا بلکہ کئی بار ایسا ہوا کہ چھٹی کا سارا دن بھی دفتر میں گزر جاتا، یوں ہفتہ میں ایک دن تھوڑی سی آوارگی کا حق بھی سلب ہو جاتا اور وہ کڑھتا سڑتا ہی رہتا۔ بالآخر اس نے اِس کمرے میں پناہ لی اور اس کے شب و روز میں قدرے سکون آ گیا تھا۔ یہ صاف ستھرا کمرہ ڈبل بیڈ، ٹیلی فون اور کمپیوٹر سے آراستہ تھا۔ اس میں داخل ہوتے ہی اسے اپنی معمولی سی دانائی پر فخر ہونے لگتا۔ کچھ دیر ٹیلی ویژن دیکھتا پھر کمپیوٹر کے سامنے آ بیٹھتا۔ اس کے کی بورڈ اور ماؤس سے کھلواڑ کرتا پھر کھڑا ہو کر بھرپور انگڑائی لیتا اور چت یا اوندھے منہ بیڈ پر دھڑام سے گر جاتا، پہلی کروٹ لیتے ہوئے اسے احساس ہوتا کہ رات آدھی سے زیادہ بیت چکی ہے، جھٹ سے اٹھتا، بوٹ جرابیں اتارتا، واش روم میں ٹنگا سلیپنگ سوٹ لا کر لباس بدلتا لیکن آج کچھ عجیب ہی ہوا تھا۔

میری طرف دیکھو! الماری میں نصب قدِ آدم آئینے نے سرگوشی کی۔

یہ تم ہو تم نے کبھی اپنا سراپا غور سے دیکھا نہیں ناں، اب دیکھو تم میں کتنی کشش ہے، تب اس نے گھوم گھام کر اپنا جائزہ لیا اس کی شریانوں میں جیسے خون کا سیلاب آ گیا اور قریب تھا کہ اس سے کوئی حماقت سرزد ہو جاتی اس نے فوراً سونے کا لباس پہنا، بتی بجھائی اور بستر پر دراز ہو گیا لیکن رات کا باقی حصہ اس کی پلکیں جڑتی رہیں۔ اٹھائی سال گزر گئے ایسا پہلے کبھی نہیں ہوا تھا، آج تنہائی کا ڈنگ بار بار اس کے جسم میں اترتا اور نکلتا رہا۔ اس نے یہ بھی سوچ لیا باس چھٹی کے دن کیوں اسے دفتر میں بلاسبب کوئی نہ کوئی کام سونپ دیتا ہے اور خود دوسری کرسی پر بیٹھا اسے کنکھیوں سے تکتا رہتا ہے اور اس کی سیکرٹری تو جیسے اس سے الجھنے کے بہانے تلاشتی رہتی۔ دفتر کے سارے کولیگ اس کے دوست تھے لیکن اس کی کسی کے ساتھ گاڑھی نہیں چھنتی تھی۔ اسے خود بھی یہ معلوم نہیں تھا کہ اس کا ساتھیوں کے ساتھ یہ رویہ کیونکر تھا لیکن کوئی اس سے ناراض بھی نہیں تھا۔

اس پر ایک بے چینی کا عالم تھا۔ اس کے اندر کوئی شعلہ بھڑک اٹھتا تو اسے اذیت کا احساس ہوتا۔ اس اذیت سے نجات کے لیے وہ اٹھا، فرج سے ٹھنڈے پانی کا گلاس حلق سے نیچے کیا یوں اسے یک گونہ راحت محسوس ہوئی اور وہ لیٹتے ہی سو گیا۔ صبح بیدار ہوا تو کسل مندی سی لگی، غسل کے لیے واش روم گیا تو اسے لگا جیسے اس کے ساتھ کوئی اور بھی واش روم میں داخل ہوا ہو۔ نہیں، یہ میری غلط فہمی ہے! اس نے فٹافٹ غسل کیا اور باہر آ گیا، لباس بدلنے کے بعد بال سنوارنے کے لیے آئینے کے سامنے کھڑا ہوا تو اس کی نظریں جیسے شرم سے جھک گئیں اور مردانہ وجاہت نے جیسے پیٹھ پھیر لی۔

شرماؤ نہیں، میں تمہارا رازدان ہوں۔ میرا کام تمہیں بیدار کرنا تھا، پیاس کا احساس دلانا تھا، اب تم جاگ چکے ہو، جہاں اور جب بھی نہر نظر آئے پیاس بجھا لو! آئینے نے اسے دلاسا دیا، ہمت بندھائی اور وہ ایک ارادہ لے کر دفتر کے لیے نکل کھڑا ہوا۔ وہ پہلے سے کہیں زیادہ شفاف اور نکھرا نکھرا سا لگ رہا تھا ایسا کہ پاس بٹھا کر باتیں کرنے کو جی چاہے۔ اس کی باتوں سے، مسکراہٹ سے محظوظ ہوا جائے، اس کے اِکا دُکا ساتھی دفتر آ کر اپنی کرسیوں پر بیٹھ چکے تھے اور وہ ان سے ملتا ملاتا اپنی سیٹ تک پہنچ کمپیوٹر سے Cover اتارنے، کی بورڈ اپنی طرف کھینچ کر ماؤس قریب رکھنے میں مشغول ہو گیا لیکن ابھی بیٹھا نہیں تھا کہ نگاہ انجانے میں اوپر اٹھ گئی۔ سیکرٹری کے دفتر کی کھڑکیوں کے پردے لہرا رہے تھے اور وہ بیٹھی کسی فائل کے مطالعہ میں مصروف تھی۔ اس نے چند لمحے اسے دیکھا، ہلکی سانولی رنگت کی یہ لڑکی بغیر سنگھار کے بھی اسے اچھی لگی۔ اسے لگا جیسے کسی نے اس کے اندر کروٹ لی ہو، اس نے فوراً الماری سے ایک فائل نکالی، دو چار صفحے الٹ پلٹ کر دیکھے اور اس کے پاس جانے کا جواز تلاش کر لیا۔

میں اندر آ سکتا ہوں! اس نے دفتر کا پردہ ایک طرف سرکاتے ہوئے اجازت چاہی تو سیکرٹری نے نظریں اٹھا کر سامنے دیکھا۔

آؤ! بیٹھو، اس نے سامنے پڑی کرسی کی طرف اشارہ کیا۔ ایک البیلی سی مسکراہٹ اس کے چہرے سے ہوتی ہوئی آنکھوں تک پہنچ گئی تھی۔ دونوں کی نظریں چار ہوئیں۔ ایک ارتعاش سا ابھرا اس نے اپنا پلو درست کیا نہ چہرے پر سنجیدگی طاری کر سکی۔

کچھ پوچھنا ہے! سوال کے اختتام پر اس کے نیم وا ہونٹوں سے جھانکتے سفید دانت بھلے لگ رہے تھے اور آج وہ اسے بھرپور توجہ دے رہی تھی۔

اس نے فائل کھولی، چند ورق الٹے پھر فائل اس کے سامنے رکھ دی اور نظریں اس کے چہرے پر روک دیں۔ میرا خیال ہے اس چٹھی کا جواب تو ہم نے فوراً متعلقہ پارٹی کو دے دیا تھا! اس نے فائل بند کر کے دونوں کہنیاں اس پر ٹکا دیں۔

میں پھر دیکھ لیتا ہوں! اسے لگا جیسے وہ آدھا ہو گیا ہو اور فائل واپس لینے کے لیے ہاتھ آگے بڑھاتا ہوا اُٹھ کھڑا ہوا۔

بعد میں دیکھ لینا اور پھر مجھے بتانا، ابھی بیٹھو میں واش روم سے ہو کر آتی ہوں! اس نے کرسی پیچھے کھسکائی اور واش روم میں چلی گئی۔ اس نے انتہائی چست لباس پہن رکھا تھا۔ وہ اسے جاتے ہوئے دیکھ رہا تھا، اس کے اندر ایک کوندا سا لپکا اور اس کے واپس آنے تک کیسے کیسے خیال اس کے ذہن سے گزر گئے لیکن جو بھی گزرا اس کی پیاس میں اضافہ کر گیا۔ میں چلتا ہوں باس کا وقت ہو رہا ہے! سیکرٹری کے واپس کرسی پر بیٹھتے ہی اس نے فائل سنبھالی اور اٹھ کھڑا ہوا۔

بیٹھ جاؤ، باس آج نہیں آئیں گے! اس کے چہرے پر آسودگی نمایاں ہو رہی تھی۔

اب کیا کیا جائے! اس نے خود کلامی کی، کرسی کھینچ کر اس کے قریب بیٹھ جائے، اتنے قریب کے کندھے کو کندھا چھو جائے۔ وہ بیٹھ گیا لیکن جانے کتنی نظریں کھڑکی کے شیشوں سے ٹکرا کر لوٹ گئی تھیں۔ حیرانی اسے اس بات پر ہو رہی تھی کہ سیکرٹری آج اس سے الجھی نہیں تھی بلکہ اسے دوستانہ ماحول مہیا کیا تھا، شاید یوں وہ اس کے سراپا سے مرعوب ہوتے ہوئے اپنی کمتری کو تسکین دیتی ہو گی۔

لنچ بریک ہوئی، کچھ لوگ ایک میز پر اکٹھے ہو کر گپ شپ کرنے لگے، کچھ کھانا کھانے دفتر سے باہر نکل گئے۔ گھر سے ساتھ لایا ہوا اس کا ارادہ تکمیل کے مراحل تیزی سے طے کر رہا تھا لیکن اوسان بکھر رہے تھے۔ سیکرٹری کے نہ چاہتے ہوئے وہ اس وعدہ پر باہر آیا کہ آج وہ اسے اپنی گاڑی سے گھر تک چھوڑے گی۔ جگہ طے ہو چکی تھی کہاں سے وہ گاڑی میں بیٹھے گا۔

رستے میں اس نے کھانے پینے کی کچھ چیزیں خریدیں اور پھر گاڑی میڈیکل سٹور کے سامنے چند منٹ رُکی۔ گھر پہنچے تو سورج قریب الغروب تھا۔

تم اپنے گھر پہنچ گئے۔ اب میں جاؤں! سیکرٹری نے گاڑی روک کر اس کی طرف مسکراتے ہوئے دیکھا۔

تم اس وقت میرے گھر کے سامنے کھڑی ہو، گاڑی کا سوئچ آف کرو اور میرے ساتھ چلو، تھوڑی دیر بیٹھ کر چلی جانا! آج کی طویل ملاقات میں آپ جناب کا تردد دونوں نے رد کر دیا تھا۔ اس سے ایک فاصلہ رہتا ہے۔ سیکرٹری اس کے کمرے کا جائزہ لینے لگی اور وہ مشروب کے ساتھ لائے ہوئے لوازمات میز پر سجانے لگا، مُڑ کر دیکھا تو وہ کھڑے کھڑے کمپیوٹر پر جھکی تھی۔ اس کی صحت مند جسامت پر نظر پڑتے ہی جذبات کا ایک ریلا اُٹھا۔ اس کا جی چاہا یوں ہی اسے اپنی بانہوں میں بھر لے۔ اسی لمحے میں اس کے موبائل کی گھنٹی بجی۔ نہیں سر ابھی گھر نہیں پہنچی۔۔۔ ایک سہیلی کے پاس ہوں، جی سر میں دفتر پہنچ رہی ہوں۔ کوئی بات نہیں سر۔۔۔ باس نے بلوایا ہے، وہ بہت اچھے ہیں، میرا خیال رکھتے ہیں۔ ہر طرح سے! وہ اسے دیکھ کر یوں مسکرائی جیسے کہہ رہی ہو، وقت کی ریت تمہاری مٹھی سے پھسل چکی۔۔۔

آگے کیا ہوگا!؟

انل ٹھکّر

کبھی کبھی یہ کہنا مشکل ہو جاتا ہے۔۔۔۔

پلنگ کے غلاف کی خوشبو مولوی صاحب کے جسم کو مہکا رہی ہے، یا مولوی صاحب کا بدن گردو پیش کو معطر کر رہا ہے۔

مولوی صاحب کے لیے پلنگ خوابوں کو سینے کا گھونسلہ نہیں تھا۔ وہ ان کا اوڑھنا بچھونا بن گیا تھا۔ فجر کی نماز کے بعد جسمانی تقاضوں سے فارغ ہوتے ہی وہ پلنگ پر ایسے بیٹھ جاتے جیسے کوئی مٹھا دھیش اپنی گدی پر براجمان ہوتا ہے۔

پلنگ پر بیٹھتے ہی حسب معمول بیڑی سلگاتے۔ دو چار کش کھینچتے تب تک ایک ایک، دو دو کر کے بچوں کے آنے کا سلسلہ شروع ہو جاتا۔ کچھ ہی دیر میں پچیس تیس بچوں سے دالان چھلکنے لگتا۔ پڑھائی شروع ہوتی۔ کسی کو ڈانٹ کر، کسی کے کان اینٹھ کر تو کسی کو چٹی لے کر وہ ان کے علم کی نوک پلک درست کرتے۔ ان کے ہاتھ کے نیچے تعلیم لے کر طلباء کہاں سے کہاں پہنچ گئے ہیں۔ کئی بیرونی ممالک میں نام اور پیسہ کما رہے ہیں۔۔۔ بڑے بڑے سرکاری عہدوں پر گاؤں کا نام روشن کر رہے ہیں۔ طلباء کے نام گنانے بیٹھیں تو لمبی فہرست بن سکتی ہے۔ دور اور اطراف میں کتنے پروفیسر اور لکچرار ہیں۔ جو ان کی رائے، مشورے اور نگرانی میں مقالے لکھ کر ایم۔ اے، ایم۔ فل اور پی۔ ایچ۔ ڈی کی ڈگریاں لے کر تدریس کے کام میں لگے ہوئے ہیں۔ دُور دراز کے اپنے چھوٹے سے گاؤں رنگم پیٹ کو تو انھوں نے اپنے رفقا کے ساتھ مل کر ادب کا نرسری فارم بنا رکھا ہے۔ جہاں اُردو، کنڑ زبان کے نو وارد ادبا و شعراء ہر سو چہکتے نظر آتے ہیں۔ وقتاً فوقتاً اطراف کے پہاڑوں کی چٹانیں غالبؔ و اقبالؔ یا کویمپو، بیندرے کے بول گنگناتی ہوئی محسوس ہوتی ہیں۔ گاؤں میں شاید ہی ایسا کوئی خاندان ہوگا جس میں کم از کم ایک فرد ان کا شاگرد نہ رہا ہو۔ علم بانٹنے کے کام کو وہ عبادت کا درجہ دیتے ہیں۔ پوری زندگی انھوں نے اسی عبادت سے ثواب کمایا ہے۔ بہترین تعلیم کے ساتھ تربیت کو ترجیح دے کر انھوں نے اپنے وطن کی ایک تہذیبی پہچان بنائی تھی۔

کچھ سال پہلے وہ رنگم پیٹ کے مڈل اسکول سے بحیثیت ہیڈ ماسٹر ملازمت سے سبک دوش ہوئے ہیں۔ ان کی برسوں کی ملازمت کے دوران کتنی سرکاری بدلیں۔ محکمے کے کتنے افسران تبدیل ہوئے۔ اسکول کے اساتذہ کے تبادلے ہوتے رہے، مگر ان کا تبادلہ کبھی نہیں ہوا۔ جب جب بھی کسی افسر نے اس کی کوشش کرنا چاہی تو گاؤں والوں نے اپنے رسوخ کی دیوار کھڑی کر دی۔ پھر بھی تبادلوں کے موسم میں افواہ کی ہوا سے رسوخ کی دیوار کے سایے میں بھی مولوی کبوتر کے بچے کی طرح کپکپی محسوس کرتے۔ تبادلے کے خوف کا بخار ان پر چڑھنے لگتا۔ کیسا بھی ضروری کام، ادبی اجلاس یا مشاعرہ ہوتا تو بھی گاؤں چھوڑ کر نہ جاتے اور گھبراتے رہتے کہ نہ جانے کس انجان علاقے میں انھیں پھینک دیا جائے گا۔

بچوں کی خانگی تعلیم کا دور ڈیڑھ دو گھنٹے چلتا۔ ان میں کچھ قریب و دور کے رشتہ داروں کے بچے ہوتے، کچھ حلقہ احباب کے تو کچھ دُعا سلام کرنے والوں کے۔ ان سب کا مفت کے خانے میں شمار ہوتا تھا۔ چند بڑے گھروں کے بچے بھی آتے تھے۔ ان سے فیس کی رقم تب دستیاب ہوتی، جب ان کے والدین کو اس کی یاد آتی۔

خانگی تعلیم کا دور ختم ہوتے ہی مولوی صاحب بیڑی جلا کر کسی کتاب یا رسالے کا مطالعہ شروع کرتے یا کوئی نظم یا غزل لکھتے۔ تھوڑے تھوڑے وقفے بعد زانو بدلتے اور بیڑی یا چائے کی صحبت سے ذہن و جاں کو تر و تازہ کرتے رہتے۔ ظہر کے وقت پلنگ سے اُتر کر پڑھے ہوئے یا لکھے ہوئے موضوع کی جگالی کرتے ہوئے بڑی مسجد کے لیے چل پڑتے۔

آج انھیں لکھنے کا موقع نصیب نہیں ہوا۔ بچوں کے رخصت ہوتے ہی مولوی صاحب جامعہ کا خصوصی شمارہ جو انیسؔ کی سوانح، شخصیت اور شاعری پر مشتمل تھا، پڑھنے کی جستجو میں تھے کہ باغوان اللہ بخش اپنے فرزند کے ساتھ لڑاکو مرغ کی طرح سینہ تانے سلام کی بانگ دیتے ہوئے داخل ہوا۔

''السلام علیکم، منظور احمد صاحب!''

شوراپور تعلق میں ایسے چند ہی گنے چنے افراد تھے جو مولوی صاحب کو ان کے نام سے مخاطب کرتے تھے۔ ان میں سے کچھ کو لنگوٹیا یار ہونے کا شرف حاصل تھا جو چند لوگ پیسوں کی گرمی سے اپنائیت کا وہم اوڑھے ہوئے تھے۔ باغوان اللہ بخش نے اطراف کی پہاڑیوں پر پیدا ہونے والے سیتا پھل کے کاروبار سے پیسہ کما کر یہ وہم پال رکھا تھا۔ ویسے وہ دو سال مولوی صاحب کا شاگرد بھی رہ چکا تھا۔

کم گو مولوی صاحب نے دھیمی آواز میں سلام کا جواب دے کر اشارتاً اسے بیٹھنے کو کہا۔ اللہ بخش مسکراتے ہوئے بیٹھا۔ اس کے ساتھ بیٹا بھی دھڑلے سے باپ کی بغل میں بیٹھ گیا۔ یہ دیکھ کر مولوی صاحب نے کراہت کے ساتھ اللہ کو یاد کیا۔ سوچا، آج کی نسل کس سمت میں گامزن ہے!! نہ باپ کا لحاظ نہ معلم کا پاس!! ہم نے کبھی والد کے پاس بیٹھنا تو در کنار، ان کی موجودگی میں بیٹھنے کا حوصلہ بھی نہیں کیا۔ ہمیشہ ہاتھ باندھے ادب سے کھڑے رہے۔ اور آج۔۔۔ اللہ بخش دو چار لمحے انتظار کرتا رہا کہ مولوی صاحب آنے کا سبب پوچھیں گے۔ جب دیکھا وہ خیالوں میں کھوئے ہوئے ہیں تو بولا۔

''وہ، وہ ہے نا؟۔۔۔ وہ آپ کا۔۔۔''

مولوی صاحب کی بھنویں اُوپر اٹھیں، تو آنکھوں اور چہرے پر سوالیہ نشان اُبھر آیا۔

''وہی ۔۔۔۔ وہی وہ نامعقول دھوتی، کرتا پہن کر گھومتا ہے۔ کیا نام ہے اُس کا۔۔۔۔''

''پرلادراؤ۔۔۔'' بیٹے نے اپنے علم کا مظاہرہ کرتے ہوئے جھٹ سے کہا۔

''کیا ہے، ان کا؟'' مولوی صاحب کے سوال میں تلخی تھی۔

''اس نے مجھے۔۔۔''

مولوی صاحب نے ہاتھ کے اشارے سے اسے روکا اور کہا۔

''جواب دینا ہے تو اُٹھ کر کھڑے ہو۔ ادب سے بات کرو۔ کیا بزرگوں سے بات کرنے کی تمیز تمھیں نہیں سکھائی گئی؟''

لڑکا سٹپٹا کر اُٹھ کھڑا ہوا۔ اللہ بخش کو مولوی صاحب کا طرزِ عمل ناگوار گزرا۔

''اب بتاؤ کیا بات ہے؟'' مولوی صاحب نے پوچھا۔

''اس نے مجھے۔۔۔''

''اس نے نہیں، انھوں نے کہو، وہ تمہارے استاد ہیں۔''

''انھوں نے مجھے تھپڑ مارا۔''

''بغیر بیماری کے ڈاکٹر کسی کو دوا نہیں دیتا''

بات لڑکے کے سر سے گزر گئی۔ وہ بے وقوفوں کی طرح کھڑا رہا۔ مگر اللہ بخش تلملا گیا۔ وہ طیش میں آ کر بولا۔

''آپ بھی غضب کرتے ہیں''

''میں نے کچھ غلط کہا؟ اس نے سبق یاد نہیں کیا ہوگا، یا شرارت کی ہوگی''۔

''اس کا مطلب یہ تو نہیں کہ وہ میرے بچے پر ہاتھ اٹھائے''۔

''آپ کا بیٹا ان کا شاگرد ہے۔ اولاد اور والدین سا رشتہ ہے ان میں۔''
شاگرد ہے تو اسے پڑھائے۔ سکھائے، سمجھائے سرکار اسے تنخواہ پڑھانے کے لیے دیتی ہے پٹائی کے لیے نہیں۔''

''پھر آپ میرے پاس کیوں آئے ہیں؟ سرکار کے پاس جائیے''۔

اللہ بخش کا چہرہ سرخ ہوگیا۔

''آپ کو اپنا سمجھ کر آئے تھے۔ آپ تو اُلٹا اس کافر کی طرف داری کر رہے ہیں!!''

مولوی صاحب کے چہرے پر جگنو کی طرح ٹیس ٹمٹما کر دل میں اُتر گئی۔ ان کا جی چاہا اللہ بخش کو گھر سے نکال دیں۔ انھوں نے پاؤں پلنگ پر سے نیچے لیے اللہ بخش یہ کہتے ہوئے اُٹھا۔

''ایک مسلمان بچے کو اس کافر نے تھپڑ مارا، یہ سن کر بھی آپ کے چہرے پر شکن تک نہیں پڑی! واہ۔۔۔'' اللہ بخش نے اپنے بیٹے کو دھکیلا۔

''چل اب کھڑا کیا ہے۔ یہ گھی سیدھی انگلی سے نکلنے کا نہیں۔ اس کافر کا تبادلہ ایسی جگہ پر کرواؤں گا کہ بچّو کو پانی بھی پینا ہے، تو چار کوس چلنا پڑے''۔

مولوی صاحب غصہ اُگل سکے نہ تھوک سکے۔ انھیں غصہ پی جانا پڑا۔ جس سے ان کی طبیعت میں وبال پیدا ہوگیا۔ انھیں پلنگ پر چین آیا نہ دالان میں، نہ کرسی پر، کسی کروٹ قرار نہیں آیا۔ وہ سوچنے لگے۔ میں نے اللہ بخش کو تعلقے کے بس اسٹینڈ پر پھل بیچتے ہوئے دیکھا تھا۔ پھر وہ باغات کا ٹھیکے دار بنا اور لاریوں میں پھلوں کی نکاسی شہروں کو کرنے لگا۔ اب دو نمبر کے پیسوں کے ساتھ یہ دو نمبر کی تہذیب کا نٹا بن کر اُگنے لگی ہے۔۔۔

مولوی صاحب کے ذہن کی رگیں اکڑنے لگیں۔ انھوں نے کپڑے بدلے اور گھر سے باہر نکل پڑے۔ دس بیس دُکانوں پر مشتمل بازار سے مولوی صاحب کو بے نیاز گزرتے دیکھ کر ان کے دوست نما شاگرد جوہر تماپوری نے اپنی ہوٹل میں چائے چھانتے ہوئے انھیں چائے کی دعوت دی۔ چائے پینے کی طلب تو تھی، موڈ نہیں بنا۔ ''آتا ہوں'' کہتے ہوئے وہ آگے بڑھ گئے۔ وہ کہاں، کس طرف، کیوں جا رہے تھے، اس کی اُنھیں خود خبر نہیں تھی۔ ان کی روح بے چین تھی۔ ذہن میں لاوا اُبل رہا تھا۔ رگیں خون کے دباؤ سے پھول رہی تھیں۔ پرہلادراؤ ان کے رفیقِ پیشہ رہ چکے تھے، آج بھی یاری ہے۔ اساتذہ اور طلبہ کے لیے ان کے کاموں کے ریاست بھر میں چرچے ہیں۔ ایسے معلم کے لیے اللہ بخش جیسے۔۔۔۔

وہ بائیں جانب کی گلی میں مڑ گئے۔ کوچے کے دو چار موڑ پار کر کے وہ یوسفیہ میدان پہنچے۔ اس میدان کا رنگم پیٹ کے ساتھ دل اور دھڑکن کا رشتہ ہے۔ جمعہ کو یہاں بازار لگتا ہے۔ میلا سا لگا رہتا ہے۔ مشاعروں اور کوی سمیلنوں کے اسٹیج یہاں سجتے ہیں۔ مذہبی اجلاس کے شامیانے یہیں گاڑے جاتے ہیں۔ چناؤ کے موسم میں چھوٹے بڑے لیڈر ووٹ کے لیے یہیں ہاتھ پھیلاتے ہیں۔ آج میدان ویران تھا۔ دُھوپ میں تپتی ریت چمک رہی تھی۔ میدان کے کنارے یوسفیہ مسجد اور اس کے سامنے حضرت یوسف صاحب کا مزار۔ بڑا دلکش نظارہ تھا، مگر مولوی صاحب کی نظر کو آج یہ نظارہ اپنی جانب راغب نہ کر سکا۔ وہ مزار پر پہنچے۔

حضرت یوسف رنگم پیٹ میں حکومتِ نظام کے اسکول میں سب سے پہلے معلم تھے۔ ایک ایسے معلم جنھوں نے اس بنجر پتھریلے خطے میں اساتذہ کی ایک ایسی نسل تیار کر دی ہے کہ علاقہ علم سے زرخیز ہوگیا۔ حضرت یوسف نے تعلیم کے لیے اپنی زندگی وقف کر دی۔ وہ جب اللہ کو پیارے ہوئے تو ہر قوم کے لوگوں نے مل کر ان کا مزار بنوایا۔ ان کے نام سے ایک مسجد تعمیر ہوئی۔ بھائی چارے سے لبریز ہوتی اس بستی میں آج اللہ بخش جیسے لوگ بھی آباد ہونے لگے

ہیں!!۔۔۔ارے۔جس بستی کے مغرب کی اونچی پہاڑی پر عیدگاہ ہے جس کے مخالف سمت مشرق میں ایک اونچے ٹیلے پر حضرت محبوب سجانی کا چِلّہ ہے۔ جانب شمال حضرت یوسف کا مزار اور جنوب میں پہاڑ اور سڑک کے درمیان میں پر بھوراؤ صاحب کی آخری آرام گاہ ہے۔ایسی بستی میں برائی داخل ہونا بھی چاہے تو کس سمت سے داخل ہو سکتی ہے؟۔۔۔

قومی یکجہتی کے اس امرت منتھن میں مولوی صاحب کے ذہن میں حضرت یوسف کے شاگرد اور اپنے استاد پر بھوراؤ صاحب کی یاد تازہ ہو آئی۔عقیدت کے غلبے سے ان کی آنکھیں بھاری ہو گئیں۔حضرت کے مزار سے اجازت چاہی۔میدان پار کیا اور پہاڑی سے اُتری سڑک کی طرف چل دیے۔

سڑک سے لگے اپنے اسکول کے پیچھے سے وہ گزر رہے تھے تو لاشعوری طور پر ان کے پاؤں ٹھٹھک گئے۔ وہ سوچنے لگے۔ کیسا وقت کا پھیر ہے! میں اسی اسکول میں پڑھا۔اس میں پڑھایا۔اور آج ہاتھ سے پھسلتے وقت کی طرح اسے سوچ رہا ہوں۔انھوں نے نظریں اُٹھائیں۔وہ نظریں پہاڑ اور سڑک کے درمیان خاموش کھڑی سمادھی پر ٹک گئیں۔اُنھیں یاد آیا۔

وہ ساتویں جماعت کے طالبِ علم تھے۔ایک نئے استاد پر بھوراؤ صاحب اردو کا پریڈ لینے پہنچے۔انھوں نے ہر طالبِ علم کا مختصر تعارف جاننا چاہا تھا۔ کچھ دیر بعد محمد یسٰین کی باری آئی تو اس کا نام سن کر وہ چونک پڑے اور پوچھا۔

''کیا نام بتایا؟''

''محمد یسٰین۔''

''واہ، قرآن کا دل۔۔۔آپ میں سے جو سورۂ یسٰین جانتے ہیں، وہ ہاتھ اوپر کریں۔''

دو چار طلباء نے ہاتھ اٹھائے۔

''وہی لوگ ہاتھ اوپر رکھیں جنھیں مکمل سورۂ یسٰین از بر ہو۔''

ایک ایک کر کے سب ہاتھ نیچے آ گئے۔

''ٹھیک ہے۔ آج میں سورۂ یسٰین کی تلاوت شروع کروں گا۔ادب کے ساتھ غور سے سنیے۔''

موصوف نے اتنی طویل سورہ صحیح تلفظ کے ساتھ کچھ اس انداز سے زبانی سنادی کہ طلباء ٹکٹکی باندھے سنتے رہے۔۔۔گھنٹی بجی اور پریڈ ختم ہوا۔۔۔ دوسرے اور تیسرے دن اسی پریڈ میں سورۂ یسٰین کی جو تفسیر پیش کی تھی وہ آج بھی دل و دماغ میں محفوظ ہے۔

ایک تیز رفتار بس نے یادوں کا سلسلہ توڑ دیا۔سڑک کے کنارے پر آ کر مولوی صاحب دبے پاؤں چل کر سمادھی کے سامنے پہنچے۔انھوں نے پوری چوکسی برتی کہ ہلکی سی چاپ سے بھی سمادھی میں آخری نیند سوئے ان کے استاد پر بھوراؤ صاحب کے سکون میں خلل نہ پہنچے۔وہ دل ہی دل میں ان سے مخاطب ہونا چاہتے تھے۔تبھی سمادھی کے پیچھے سے دھوئیں کی لکیر سی اُٹھتی دیکھی۔وہ کچھ سوچیں، اس سے قبل کسی کو کہتے سنا۔۔۔

''بھڑوے۔چل بھی۔۔۔''

وہ چونکے۔آواز سنی ہوئی محسوس ہوئی۔جواباً دوسرا جملہ اُچھلا۔

''ٹھہر بے۔سوچنے دے گا یا نہیں؟''

دھوئیں کے مرغولے اوپر اٹھے اور ہوا میں تحلیل ہو گئے۔تبھی تیسرا بولا۔

''تم دونوں کھیلتے کم، جھگڑتے زیادہ ہو۔''

مولوی صاحب آہستہ سے دوسری جانب گئے۔وہاں تین لڑکے جُوا کھیل رہے تھے۔ان کو دیکھا تو اُٹھ کھڑے ہو گئے۔دو بھاگے۔تیسرا حواس باختہ ٹھہرا رہا۔وہ ہاتھ جوڑے لرز رہا تھا۔

اللہ بخش کے بیٹے کو دیکھ کر مولوی صاحب کو گھن سی ہوئی۔کہا۔

''پر ہلا دراؤ نے غلطی کی۔ٹو تو تھپڑ کے لائق بھی نہیں ہے۔''

وہ سر جھکا کر چل دیا۔

مولوی صاحب دل برداشتہ ہو کر نیم کے چبوترے پر بیٹھ گئے۔وہ نظریں باندھے سمادھی کو تکتے رہے۔اُنھیں یاد آیا۔پھر بھوراؤ صاحب نے ایک مرتبہ اُنھیں بھی تھپڑ مارا تھا۔وہ پورا واقعہ من ہی من میں دُہرانے لگے۔

ان دنوں انھوں نے طلباء سے اچھی نثر لکھوانے کا ایک تجربہ شروع کیا تھا۔روزانہ ایک لفظ دیتے جس کو جملے میں استعمال کر کے دوسرے روز کلاس میں پڑھ کر سنانا پڑتا تھا۔

اس روز پڑھنے کا جب میرا نمبر آیا تو میں نے ان کی کرسی کے قریب پہنچ کر وہ جملہ پڑھا۔جس میں لفظ''گال''کو استعمال کرنا تھا۔میرے جملے پر ان کا ردِّ عمل میں دیکھ نہ سکا۔البتہ سامنے بیٹھے طلباء کی نظروں کو میری پیٹھ ٹھوکتے دیکھ کر میں نے فخر محسوس کیا۔

''دوبارہ پڑھو''۔۔۔پر بھوراؤ صاحب نے فرمان جاری کیا۔میں نے سینہ تان کر طلباء کو دیکھا اور جملہ پڑھا۔

''مکرّر''۔موصوف نے کرسی سے اُٹھ کر کہا۔

لفظ مکرّر کی لذّت سے میں واقف تھا۔رنگم پیٹ میں گاہ بہ گاہ مشاعرہ ہوتا تھا۔اچھے شعر پر سامعین کو مکرّر کہتے میں نے سنا تھا۔میرے استاد محترم نے مکرّر کہا تو میری باچھیں کھل گئیں۔میں نے شاعرانہ انداز میں طلباء کو آداب کیا۔پھر موصوف کی جانب جھک جھک کر آداب کی جھڑی لگادی۔گلا صاف کیا۔جملہ دُہرایا۔

جملہ مکمل ہوتے ہوتے میرے گال پر زوردار تھپڑ پڑا۔بجلی کے کڑاکے جیسی آواز کانوں سے ہوتی ہوئی میرے دماغ کو ہلا گئی۔آنکھوں میں اندھیرا اُتر آیا۔کیا ہوا؟ کیوں ہوا؟ سوالیہ نشان بن کر رقص کرنے لگے۔

بینائی لوٹی تو دیکھا۔اُستاد جا چکے تھے۔کاپی ندارد تھی۔طلبا سکتے میں تھے اور پھٹی پھٹی آنکھوں سے مجھے دیکھتے تھے۔میری آنکھوں کا بندھ ٹوٹ

گیا۔ آنسو کی باڑھ آ گئی۔ سارے دوست دلاسا دینے لگے۔ مجھے نشست پر بٹھایا۔ تسلی دینے کے لیے ان کے پاس دو باتیں ہی تھیں۔ ''کیوں روتے ہو! رو ؤ مت''۔ اس سے زیادہ کہنے کو ان کے پاس کچھ نہیں تھا۔ جو کچھ ہوا تھا سب کی سمجھ سے باہر تھا۔ ان کی ہمدردی مجھے اور جذباتی بنا رہی تھی۔

میری سسکیاں تھمی بھی نہیں تھیں کہ ہیڈ ماسٹر صاحب کا بلاوا آ گیا۔ مجھے یقین ہو گیا۔ میری اصلی پٹائی تو اب ہوگی۔ میرا رونا بڑھ گیا۔ چپڑاسی نے میری بانہہ پکڑی۔ میرے پاؤں تھرتھرانے لگے۔ وہ مجھے یوں کھینچنے لگا جیسے بکرے کو ذبح کرنے کے لیے مُلاں کے پاس لے جایا جا رہا ہو۔

میں ممیاتے ہوئے ہیڈ ماسٹر صاحب کے روبرو حاضر کیا گیا۔ پربھوراؤ صاحب دروازے کی جانب پیٹھ کیے ہوئے بیٹھے تھے۔ میں ان کے پیچھے رُکا۔ ہیڈ ماسٹر نے انگلی کے اشارے سے قریب آنے کو کہا۔ میں سسک سسک کر رونے لگا۔

''یہاں میرے قریب آؤ۔''

ان کی آواز میں نرمی تھی۔ میں رینگتا ہوا ان کے پاس گیا۔ انھوں نے میرا ہاتھ تھام کر اپنے قریب کیا۔ میری پیٹھ پر شفقت سے ہاتھ پھیرا، بولے۔

''یہ تم نے لکھا ہے؟''

میں نے دیکھا میری کاپی ان کی میز پر کھلی پڑی تھی۔

ان کے پیار بھرے لمس سے مجھ میں ہمت آ گئی۔ میں نے اثبات میں سر ہلایا۔

''پڑھ کر سناؤ''

ایک بار پھر گھبراہٹ مجھ پر حاوی ہوگئی۔ میں نے بہتی ناک کو آستین سے پونچھا۔

''گھبراؤ نہیں، کاپی اُٹھاؤ۔''

میں آہستہ سے آگے بڑھا۔ کاپی اٹھائی ذرا ہٹ کر ان سے دُور کھڑا ہوا۔ اب میں اچانک پڑنے والے تھپڑ سے چوکنا تھا۔

''کون سا لفظ دیا گیا تھا تمہیں؟''

''گال۔'' میری آواز میں لرزش تھی۔

''اچھا۔۔۔تو اب جملہ سناؤ''

میں نے ایک نظر پربھوراؤ صاحب کی جانب دیکھا۔ ان کی نظریں خلا میں جمی ہوئی تھیں۔ مگر کان میری آواز کی جانب لگے ہوئے تھے۔ میں نے پڑھا۔

''ممتاز کی محبت میں بہے ہوئے شاہ جہاں کے آنسو ہندوستان کے گال پر تاج محل بن کر رہ گئے۔''

خاموشی چھا گئی۔

ہر لمحہ مجھ پر بار گزرنے لگا۔ ہیڈ ماسٹر کی کسی بھی حرکت پر بھاگ نکلنے کے لیے میں ایک پاؤں پر کھڑا تھا۔

''یہ تم نے لکھا ہے؟''

میں خاموش رہا۔ شاید میری خاموشی کا سبب وہ جان گئے۔

''میرا مطلب ہے۔۔۔یہ خیال تمھیں کیسے آیا؟''

اب تک میرا حوصلہ قائم ہو چکا تھا۔ میں نے ان کی جانب رُخ کیا اور کہا۔۔۔

''جناب، سب کچھ کتاب میں ہی تو لکھا ہوا ہے۔ شہنشاہ شاہجہاں نے اپنی ملکہ ممتاز کی یاد میں تاج محل بنوایا۔ ممتاز کی موت پر آنسو بہائے۔۔۔ سبھی کچھ تو سبق میں ہے۔ میں نے تو صرف حضرت کے دیے ہوئے لفظ ''گال'' کو ہندوستان تصور کیا ہے۔''

میری بات مکمل ہوتے ہی سناٹا طاری ہو گیا۔

سناٹا ٹوٹا۔

''واہ، بہت خوب۔ مبارک باد۔ تمہاری تشریح نے گواہی دے دی ہے کہ یہ جملہ تم نے ہی لکھا ہے۔ واقعی یہ تمہارا ہی جملہ ہے۔ واہ۔۔۔''

اچانک بھوراؤ صاحب فیصلہ کن انداز میں اُٹھے۔ میرے سر پر ہاتھ رکھا۔ سہلایا اور مجھے اپنے ساتھ لے کر کلاس روم میں آئے۔ خوف زدہ طلبا کھڑے ہوگئے۔ اُنھیں بیٹھنے کا اشارہ کر کے دل برداشتہ آواز میں بولے ''منظور احمد کا جملہ سن کر میں نے سمجھا، یہ اس کا لکھا ہوا نہیں ہے۔ اس نے یہ اپنے والدین سے لکھوایا ہے۔ اور اپنے استاد سے جھوٹ بول رہا ہے۔ ہیڈ ماسٹر صاحب کی تحقیق سے اب مجھے یقین ہو گیا ہے کہ یہ بہترین تحریر منظور احمد کی ہی ہے۔''

وہ پچّی سادھ گئے۔ طلباء کے چہرے خوشی سے چمک اٹھے۔ مسرّت ہوئی وہ رنجیدہ خاطر بولے۔

''میں بھی انسان ہوں۔ منظور احمد کو سمجھنے میں میں نے غلطی کی۔ مجھے اس کا ملال ہے۔ مگر میں یہ دعوے کے ساتھ کہہ سکتا ہوں یہ بڑا ہو کر شاعر، ادیب یا ایک بہترین معلّم بنے گا''۔

قریب کے پیڑ سے کوئل کوکتی ہوئی اُڑ گئی۔ نیم کے چبوترے پر بیٹھے منظور احمد صاحب کا طلسم ٹوٹا۔ ان کی پلکوں پر دو قطرے اشک کے یوں رکے ہوئے تھے جیسے دو معصوم دہلیز پر کھڑے کسی کا انتظار کر رہے ہوں۔

مولوی صاحب نے اپنا گال سہلایا اور سمادھی کی جانب دیکھ کر سرگوشی کے انداز میں بولے۔

''قبلہ، آپ کے تھپڑ نے مجھے کہاں سے کہاں پہنچا دیا۔ مگر اللہ بخش جیسے والدین کے ڈرانے دھمکانے سے اگر اساتذہ طلبا کا کان اینٹھنا، تھپڑ مارنا چھوڑ دیں گے تو طلباء کے مستقبل کا کیا ہوگا؟''

مولوی صاحب کا گلا بھر آیا۔

☆

گلدیپ نیّر اور پیر صاحب

گلزار

جمعے کا دن تھا۔ 1998ء 14 اگست کی شام اور میں گلدیپ نیّر صاحب کے ساتھ واگھا بارڈر کی طرف سفر کر رہا تھا۔ کار میں!

نیّر صاحب کئی سالوں سے یہ کرتے آ رہے ہیں۔ 14 اگست کی شام واگھا پر پہنچ جاتے ہیں۔ کچھ ادیبوں، فنکاروں، دانشوروں کے ساتھ اور جب بارڈر پر تعینات فوجی سپاہیوں کی ڈیوٹی بدلتی ہے اور دونوں ملکوں کے جھنڈے اتارے جاتے ہیں تو وہ اپنے دوستوں کے ساتھ ہند۔ پاک۔ دوستی کے نعرے لگاتے ہیں اور رات کو بارہ بجے جب تاریخ بدلتی ہے تو شمعیں جلا کر آزادی کا خیر مقدم کرتے ہیں۔

بڑی سیدھی لمبی سڑک تھی۔ اور شام کا جھٹپٹا بڑھ رہا تھا۔ اور نیّر صاحب کہہ رہے تھے۔

''یہ سڑک اگر اسی طرح سیدھی چلتی رہے، اور کوئی گیٹ، کوئی رکاوٹ نہ آئے۔ نہ کوئی ویزا پوچھے نہ پاسپورٹ دیکھے اور میں پاکستان گھوم کے آ جاؤں۔ تو کیا لُوٹ لوں گا اُس ملک کا؟ لُوٹنے والوں کی تو اس مُلک میں کمی ہے نہ اُس ملک میں۔ اُنہیں باہر کے آدمی کی کیا ضرورت ہے؟''۔ پھر ایک وقفے کے بعد بولے: ''آخر وہ بھی تو وطن ہے میرا؟ میرا کتنا بڑا حصہ اُس ملک میں پڑا ہے۔''

میری آنکھوں میں کوئی سوال ہوگا۔ بولے:

''میرا اسکول ہے بھئی، مدرسہ میرا! میرے ماسٹر دینا ناتھ اور مولوی محمد اسمٰعیل۔ میرا الف، بے کا قاعدہ، بستا سب وہیں تو رکھا ہے۔ جڑیں وہاں رکھی ہیں، اور شاخیں کاٹ کے اِدھر لے آئے۔''

نیّر صاحب کی آواز میں رقّت آ گئی تھی۔ اُس روز کئی بار نیّر صاحب نے سیالکوٹ کا ذکر کیا۔ جہاں گھر تھا اُن کا۔

''چاچے، تائے، پھپھو، سب کے گھر پاس پاس ہی تھے۔ ہمارے گھر کے سامنے ایک بہت بڑا احاطہ تھا۔ لیکن کھلا تھا۔ کہیں کوئی دیوار کھچی ہوئی نہیں تھی۔ آگے جا کے دوسرے گھر شروع ہو جاتے تھے۔ زمین اتنی تھی کہ چھینا جھپٹی کی ضرورت نہیں تھی۔ اس احاطے کے ایک طرف، بہت گھنا پیپل کا پیڑ تھا جو ہمارے گھر کے زیادہ قریب تھا۔ اُس کے نیچے ایک قبر تھی۔ پتہ نہیں کس کی تھی۔ لیکن ماں نے کہہ کہہ کے اُسے ''پیر صاحب'' کی قبر بنا دیا۔

ماں پیپل پر پُوجا کا سینڈور لگاتی اور ساتھ ہی اُس قبر پر ایک دِیا رکھ دیتی تھی۔ سینڈور پیپل پر لگا کے اُنگلی قبر کی اینٹ سے پونچھ لیتیں۔ آرتی کرتیں، چراغ کی آنچ پیپل کو دے کر دِیا قبر کے ٹوٹے ہوئے آلے پر رکھ دیتیں۔ بھوگ پیپل کو لگتا تو پیر صاحب کو بھی لگتا۔ گھر پہ کسی بات سے رنجش ہو جائے تو ماں پیپل سے پیٹھ لگا کے بیٹھ جاتیں اور پیر جی سے باتیں کرتیں۔ کبھی رو بھی لیتیں۔ پھر جی ہلکا ہو جاتا اور وہ اُٹھ کے گھر آ جاتیں۔ پیر صاحب کو ساتھ لے آتیں۔ پیر صاحب کی مُکتی نہ ہونے دی انہوں نے!

اِمتحانوں میں یاد ہے کہتی تھیں پیر صاحب کو متھا ٹیک کے جانا۔ امتحان ہو، تیوہار ہو، خوشی ہو، غم ہو، کوئی پھاہ، کوئی اکھڑ۔۔۔ ہر بات میں پیر صاحب ضرور شامل ہوتے تھے''۔

نیّر صاحب کبھی کبھی بڑے ٹھیٹھ لفظ پنجابی کے استعمال کرتے ہیں۔

وہ کہہ رہے تھے: ''کُچھ پوچھنا ہو تب بھی پیر صاحب سے پوچھا جاتا تھا۔ ہمیں تو کوئی جواب نہیں ملا۔ لیکن ماں کو ضرور اشارے مل جاتے تھے۔ کبھی کبھی تو وہ کہتیں تھیں، اُنہیں خواب میں آ کر بتا گئے تھے۔''

ہم واگھا پر پہنچ گئے۔

دن غروب ہو رہا تھا۔ بڑی لمبی چوڑی رسومات کے ساتھ دونوں ملکوں کے جھنڈے اُتار لئے گئے۔ تھوڑے سے لوگ اُس طرف تھے، تھوڑے سے ہماری طرف بھی۔ فلمسٹار راج ببّر ہمارے ساتھ شامل ہو گئے۔ اُس طرف ''آصمہ'' جہانگیر'' آنے والی تھیں نہیں آ سکیں۔ حکومت نے اُن پر پابندی لگا دی تھی۔

رات کو بارہ بجے ہم سب نے موم بتیاں جلائیں۔ کچھ تصویریں لیں۔ ''ہند پاک دوستی'' کے نعرے لگائے۔ کچھ سُوکھے، کچھ رُندھے گلے لے کر واپس آ گئے۔

اگلے دن ہم دِلّی لوٹ رہے تھے۔ میں واپس سیالکوٹ جانا چاہتا تھا۔ اس لئے میں نے پھر بات شروع کر دی۔

''نیّر صاحب! ماں نے خواب میں دیکھا تھا تو آپ نے کبھی پوچھا ماں سے کہ پیر صاحب کیسے لگتے تھے۔ اُن کی شکل وصورت کیا تھی؟'' نیّر صاحب کا مُوڈ اب الگ تھا۔ وہ مُسکرائے۔ بولے!

''میں نے اپنا کیریئر Investigative جرنلزم سے شروع کیا تھا۔ میرا یہ تفصیل پوچھنا لازمی تھا۔ اور جیسا ماں نے بتایا تھا میں نے ویسا ہی پایا اُنہیں۔''

''پایا اُنہیں؟ مطلب؟۔۔۔ آپ ملے؟۔۔۔ یعنی۔۔۔''

میں اپنا سوال ٹھیک سے بنا نہیں پایا۔ وہ مُسکرائے تھے۔ کہنے لگے:

''1975ء کی بات ہے جب مسز اندرا گاندھی نے ہندوستان میں ایمر جنسی ڈیکلیئر کر دی تھی۔ پولیٹیکل (سیاسی) لیڈروں کے علاوہ جن Intellectuals (ادیبوں، دانشوروں) کو حراست میں لے لیا گیا تھا اُن

میں میں بھی شامل تھا۔

وہ بھی جمعے کا دن تھا۔ 24 جولائی 1975ء مجھے تہاڑ جیل میں نظر بند کر دیا گیا۔ اور کہا گیا کہ نظر بندی بالکل عارضی ہے۔ چند دنوں میں آپ کو رہا کر دیا جائے گا۔ میں نے پوچھا یہ حکم کس نے دیا ہے تو بغیر نام لئے مجھے جیلر نے اتنا ہی کہا: میڈم نے!۔۔۔ چند دن گذر گئے۔ لیکن جب رہائی کے کوئی آثار نظر نہ آئے تو میں نے جیلر سے کہہ کے اپنی کچھ کاپیاں کتابیں منگوالیں۔ اُس شریف آدمی نے ایک ٹیبل اور ٹیبل لیمپ کا بھی انتظام کر دیا۔

آہستہ آہستہ جب میعاد بڑھنے لگی اور غیر یقینی محسوس ہونے لگی تو ایک روز من ہی من میں، میں نے اُن سے پوچھا: ''میری رہائی کب ہوگی؟''

میں چُپ رہا تو نیّر صاحب بھی چُپ چاپ میری طرف دیکھنے لگے۔ ہم امرتسر کے ائیر پورٹ کے لاوٗنج میں بیٹھے تھے۔ اچانک بات میرے اندر جذب (sink) ہوئی اور میں نے پوچھا۔۔۔

''اُن سے؟۔۔۔ کِن سے؟۔۔۔ کن نے پوچھا آپ نے؟''

وہ شاید اِسی سوال کا انتظار کر رہے تھے۔ بولے:

''پیر صاحب سے!''

''اوہ۔۔۔!''

''اور وہ میرے خواب میں آئے۔ سفید لمبی داڑھی۔ اور اُس کے پیچھے سبز رنگ کا لباس تھا۔ وہی ماں نے بتایا تھا۔ سر پہ مجھے یاد نہیں، کچھ پہنا تھا یا نہیں۔۔۔''

''تو کیا کہا۔۔۔؟''

''کہا کہ آتی جمعرات تک تُم رہا ہو جاوٗ گے۔''

''اور کچھ بھی کہا؟''

''ہاں۔۔۔ کہا بہت ٹھنڈ لگتی ہے بیٹا۔ اپنی چادر دے دے''

یہ کہہ کے نیّر صاحب ہنس دیئے۔

''تو آپ کی رہائی۔۔۔ مطلب۔۔۔ ہوئی جمعرات کے دن؟''

''نہیں۔۔۔۔ جمعرات کے دن میں بہت بے چین رہا۔ پتہ نہیں کیوں میں چاہتا تھا کہ وہ سچ ہو جائے۔ مجھے جیل سے کوئی پریشانی نہیں تھی۔ لیکن پیر صاحب کے قول کے لیے پریشان رہا۔ معمول کی طرح، رات دیر تک کام کرتا رہا۔ صبح دیر سے اٹھا۔

وہ دن بھی جمعے کا تھا۔ 11 ستمبر 1975ء اور جیلر نے آ کر خبر دی کہ آپ کی رہائی کے آرڈر آ گئے ہیں۔ میں نے قدرے حیرت سے پوچھا۔ ''کب آئے؟''۔۔۔ تو اُس نے بتایا کہ ''کاغذات تو کل رات ہی آ گئے تھے۔ لیکن میں جب ڈیوٹی پر آیا تو دیر ہو گئی تھی۔ آپ ٹیبل پر کام کر رہے تھے۔ اور آپ کا حکم تھا کہ آپ کو ڈسٹرب نہ کیا جائے۔

میں نے بآواز بلند دوہرایا۔۔۔ کل۔۔۔ یعنی جمعرات کے دن کاغذات آ گئے تھے؟''

ذرا ٹھٹک کے جیلر نے کہا: ''جی! آپ کو پہلے سے خبر تھی کیا؟'' اور میں نے بہت خوش ہو کر بتایا اُسے! ہاں۔۔۔ مجھے خبر مل چکی تھی!''

اس کے بعد کا ایک اور واقعہ بھی ہے۔ نیّر صاحب نے بتایا کہ ماں نے کہا تھا!

''بیٹا سیالکوٹ جا کر، اُن کی قبر پر، چادر چڑھا دینا۔ اُنہیں سچ مچ ٹھنڈ لگتی ہوگی! اور ماں کی آنکھیں بھیگی ہوئی تھیں۔ میں نے فوراً نہیں جا سکا۔ اُن دنوں سیالکوٹ کا ویزا نہیں ملتا تھا۔ 1980ء میں ماں گذر گئیں تو پیر صاحب کی چادر پہنچانا اور بھی ضروری ہو گیا۔ اور جب میں سیالکوٹ گیا تو اُس علاقے کی شکل بدل چکی تھی۔ ہمارے مکانوں میں کچھ اور لوگ آ کر بس گئے تھے۔ سامنے کے احاطے میں چھوٹی چھوٹی دکانیں بن گئیں تھیں۔ ایک پوری مارکیٹ کی شکل بن چکی تھی۔ اور وہ قبر مجھے کہیں نظر نہیں آئی۔ اندازے ہی سے میں نے وہ جگہ تلاش کی، جہاں کبھی پیپل کا پیڑ ہوا کرتا تھا۔ لیکن اب وہ نہ پیڑ تھا نہ وہ قبر۔۔۔!

اُسی جگہ پر ایک دکاندار سے میں کئی روز ملتا رہا۔ وہ یہی کہتا تھا اُس نے وہاں کوئی قبر نہیں دیکھی۔ میں لوٹنے ہی والا تھا جب ایک روز وہی دکاندار مجھے مارکیٹ کے باہر مل گیا۔ اُس نے پوچھا:

''کس کی قبر تھی وہ؟ جس کی تلاش کر رہے تھے آپ؟'' میں نے بتایا ایک پیر صاحب کی تھی ہماری ماں کو بہت عقیدت تھی اُن سے۔ تھوڑی پشیمانی کے ساتھ اُس نے اِقرار کیا اور کہا: ''جی تھی تو سہی'' ہماری دکان سے لگی ہوئی تھی۔ ہم رفیو جی (مہاجر) تھے۔ دکان ہی میں رہنے کی جگہ تھی تب۔ جگہ بہت تنگ تھی۔ اس لئے ہم نے ہٹا دی اور جینے بھر کے لئے، ایک قبر کی جگہ اور کھینچ لی۔''

میں واپس آ گیا۔ اور ایک روز نظام الدین اولیاء کی درگاہ پہ جا کر وہ چادر چڑھا دی، جو اپنے ساتھ سیالکوٹ لے کر گیا تھا۔''

''وہ پھر کبھی نہیں آئے خواب میں؟'' میں نے پوچھا!

''نہیں! کئی بار مشکل کی گھڑی میں جی چاہا وہ پھر خواب میں آئیں۔ میں کچھ پوچھوں۔ وہ کچھ بتائیں۔ لیکن وہ نہیں آئے۔ لگتا ہے پیر صاحب ماں کے ساتھ ہی چلے گئے۔ مُکتی پا گئے۔''

ہیروز

(HEROES)

شمشاد احمد

تیز گرم گھٹن پھیپھڑوں کے بعد اب اسکے دماغ کو چڑھنے لگی تھی۔

کور (Cover) پر ایک زوردار شاٹ لگی۔ کسی فیلڈر کے لئے کوئی موقع نہ تھا۔ گیند گھاس کو جھلتی ہوئی باؤنڈری لائن پار کرگئی۔

پویلین میں ٹی وی اسکرین سے جُوے کھلاڑیوں کے بجھے چہرے جاگنے لگے۔

اختر اٹھ کھڑا ہوا۔

''سالوں کو زندہ روسٹ ہونے کا شوق ہے۔ دنیا میں دوزخ بنالی ہے۔ فل ہیٹنگ ۔ اوپر سے مجال ہے تازہ ہوا کی ایک مریل جھپکی کہیں سے اندر آجائے۔''

اس نے شیشے کا موٹا دروازہ سرکایا اور باہر نکل آیا۔

برفیلی ہوا اسکا ناک منہ چھیلتی بھو کے پھیپھڑوں میں اتر گئی۔ سانس کھل کر آنے جانے لگی۔

دائیں بائیں، اوپر نیچے۔ ہر طرف تماشائیوں کا رنگ برنگا جنگل پھیلا تھا۔

''بچپن میں کسی نے بہلا پھُسلا کر کسی دوسری طرف لگا دیا ہوتا! اسکوائش، ٹینس ۔۔۔ دو بہ دو مقابلہ ہوتا ہے۔ اچھے بُرے کا فیصلہ کورٹ میں ہوجاتا ہے۔۔ سلیکٹرز کے نخرے نہ کپتان کی پسند ناپسند۔۔۔ رقم بھی کرکٹ سے کہیں زیادہ۔ یہاں سلیکٹ ہو کر بھی پویلین میں بیٹھے ہجڑی تالیاں بجا بجا کر ہاتھ پھوڑا کرلو اور بوڑھے ہوتے چلے جاؤ۔

مڈوکٹ پر چھکا لگا۔ تارہ گیند ہوا میں اتراتی ، اٹھلاتی اسکے داہنی طرف تماشائیوں میں آگری۔

اچانک انسانوں کے بے پناہ جنگل میں طوفان آ گیا۔

ہزاروں اپنی اپنی جگہ سے اٹھ کھڑے ہوئے، تالیاں، نعرے، بھنگڑے پھر تالیاں ۔ اسکا دل ایک ساتھ کئی سیڑھیاں نیچے پھسل گیا۔

''چھکا لگانا سراسر حماقت ہے۔ بیٹ پر گیند ذرا سی اونچی نیچی آئی اور سیدھا کیچ ۔ یہی تالیاں گالیاں بن جاتی ہیں۔

''شاھد کی تکنیک میں کئی خامیاں ہیں۔ قسمت مہربان ہو تو خامیاں خوبیاں بن جاتی ہے۔ پچاس پار کر چکا ہے، سنچری بنائے گا۔''

اختر کی ٹانگیں بے جان ہونے لگیں۔ وہ دھپ وہیں پہلی سیڑھی پر بیٹھ گیا۔ سردی کی نوکیلی لہر ریڑھ کی ہڈی میں سے گزر کر اسکی کھوپڑی میں بجنے لگی ۔ اسے اٹھنا پڑا۔

''یہ سارے لوگ ایک دم احمق ہیں۔ ان کا موسم ان پر خدا کا قہر ہے۔ اندر پریشر کوکر اور باہر وزن سے تین گنا کپڑے لادے ہر وقت ہاتھ جیب میں ٹھونسے رکھو۔''

اب اندر جانے کے سوا چارہ نہ تھا۔

دوزخ کے گرم بگولے نے دھچکا دیا اور دماغ سکڑنے لگا۔

کتنی جان ماری ہے! ٹھیک ہے شوق بھی تھا۔ صبح سے شام تک گرمی سردی، لان میں، گلی میں ۔۔۔ پریکٹس، پریکٹس ۔۔۔ رات کو سوتے میں بھی ہتھیلی کے گٹھوں سے آہیں نکلتی رہتی ہیں اور بیٹ کا ہینڈل دستانوں میں سے بھی چبھتا رہتا ہے۔ اب جا کر سلیکٹرز نے کسی قابل سمجھا۔

اگر ریٹائر نہ ہوتا تو شاہد اور میں زندگی بھر انتظار کرتے رہتے۔ تیسری پوزیشن ٹیم کی سب سے اہم جگہ ہے۔ کپتان نے شاھد کو چانس دینا تھا، کونٹی میچوں میں میری کارکردگی کمزور رہی۔ اب شاھد چل پڑا ہے، چلتا چلا گیا تو میرا چانس کیسے آئے گا؟ ٹور کے خاتمے تک باہر بیٹھا تالیاں بجاتا رہوں گا۔ نئی ٹیم میں کون جانے ریزو میں بھی لیا جاؤں یا نہیں!

ہجوم پھر پاگل ہوگیا۔ اختر نے اپنے آپ کو چھڑا کر آنکھیں ٹی وی اسکرین پر فوکس کیں۔ گیند تارہ بنی بالکل اسکے اوپر آ رہی تھی۔ یہ شاھد کا چوتھا چھکا تھا۔

اختر کے ہونٹوں سے بدعا پھسلنے والی تھی۔ اس نے پہلے ذہن کو پھر ہونٹوں کو سختی سے بھینچ لیا۔

''نہیں ۔۔۔ ہم ملک کے لیے کھیلتے ہیں۔ میچ جیتے ہیں ۔۔۔ کوئی جیتے ۔۔۔ میرا کیا ہوگا؟''

''ابھی پہلا ٹسٹ ہے۔ آج کے کھیل کے بعد کپتان پاگل ہوجائے تو اسے ڈراپ کر کے مجھے کھلائے گا۔ کپتان پاگل نہیں ہوتے۔ انکی اپنی گردن ہر وقت چھری پہ رکھی رہتی ہے۔''

میچ کا فیصلہ تقریباً ہو چکا تھا۔ صرف تیس رنز رہتے تھے اور ابھی چھ کھلاڑی باقی تھے۔ شاھد ڈبل سنچری پار کر چکا تھا۔ چوکے چھکے اسکے بیٹ سے ابل رہے تھے اور ابھی آدھا دن پڑا تھا۔

دور پہاڑیوں پر چھدری چھدری برف کہیں کہیں نظر آ رہی تھی۔

"یہاں بیٹھ کر ماتم کرنے سے اچھا ہے کہ ان پہاڑیوں پر ٹھنڈی برف کے گولے بنا بنا کر اُن سے اپنا سر پھوڑتا رہوں"

اچانک ہجوم کے ہونٹوں سے ایک اجتماعی سسکی اور اسکے ساتھ ہی ہزاروں آہیں نکل گئیں۔ ہر کوئی اپنی جگہ اٹھ کر کھڑا ہو گیا۔

شاھد وکٹ پر بیٹھا تھا۔ دوسرے کھلاڑی اسکی طرف بڑھ رہے تھے۔

ایک گرم گرم مسکراتی لہر شاھد کے سر سے چلی اور تلووں تک پہنچ کر ٹھہر گئی۔ وہ پاؤں پٹخ پٹخ کر اس لہر کو جھاڑ رہا تھا۔ اسکے اندر جمی ساری برف ایک دھچکے سے پگھل گئی تھی۔

کپتان اور ڈاکٹر اسے سہارا دیکر پویلین میں لے آئے۔ اگلے نمبر کا کھلاڑی گیا اور کھیل پھر سے شروع ہو گیا۔ کھیل کسی کے لیے نہیں رکتا۔

شاھد ہسپتال سے لوٹا تو اسکا دائیاں ہاتھ کہنی سے کلائی تک پلاسٹر میں تھا۔ ایکس رے میں کمپونڈ فریکچر آیا تھا۔

شاھد آرام کرسی پر بکھرا بکھرا لیٹا تھا۔ اسکی شاندار اننگ اسکے چہرے پر مسکرا رہی تھی۔ لیکن اسکی آنکھوں میں، پتلیوں سے جڑے تاریک سایے پھیلنے لگے تھے۔

اسکی نگاہیں اٹھیں اور اسکی طرف دیکھتے اختر کی آنکھوں سے الجھ گئیں۔ اسکی مسکراہٹ سوکھ گئی اور اسکا سارا درد اسکے ماتھے پر آ بیٹھا۔

اس نے ڈوبتے دل کو ہاتھ میں تھام کر مذاق کرنے کی کوشش کی۔

"دوسرے ٹسٹ کے لیے تمہارا چانس بن گیا ہے۔ دیکھ زیادہ سکور نہ کرنا ورنہ میں مارا جاؤنگا"

اختر کوشش کے باوجود شاھد کی پھسپھسی ہنسی کا ساتھ نہ دے سکا۔

دوسرا ٹسٹ۔۔۔ اگلا ٹسٹ۔ بیچ میں ایک تین روزہ میچ۔۔ شاھد یہ دونوں میچ نہیں کھیل پائے گا۔ میری زندگی موت کی دوڑ شروع ہو گئی ہے۔

اختر بیٹ گھماتا، اچھلتا کودتا، کندھے مروڑتا وکٹ کی طرف جا رہا تھا۔

"آج کیسا بھی کھیلوں، دوسرا ٹسٹ تو مجھے کھلانا ہی ہوگا۔ شاھد اتنی جلد فٹ نہیں ہو سکتا۔ اس میچ میں بھی اگر سنچری لگ جائے تو۔۔۔"

پہلی گیند لہراتی ہوئی اس پر حملہ آور ہوئی۔ اس نے بیٹ پیڈ ملا کر، اگلا پاؤں آگے نکال کر کھیلا۔ فرسٹ سلپ کا فیلڈر گیند سمیت ہوا میں اچھل رہا تھا۔ گمنامی کا پہاڑ اسے ہمیشہ کے لئے دفن کرنے کو اسکی طرف چل پڑا تھا۔

"کیا ضرورت تھی باہر جاتی ہوئی گیند کے پیچھے بھاگنے کی؟ میں کب بھاگا تھا، وہ تو۔۔۔"

کل دوسرا ٹسٹ شروع ہونے والا تھا۔ رات بھر سیاہ لمبے دانتوں والی چڑیلیں اسکے دماغ سے قطار در قطار نکل کر اسکے سارے جسم پر بے ہنگم طریقے سے کود کود کر اسے کچلتی رہیں۔

گراؤنڈ جاتے ہوئے بس میں اسکا بے نیند، بے آرام جسم بغیر ہاتھ اٹھائے، بغیر لب کھولے سراپا دعا بن گیا تھا۔ اس نے بڑی احتیاط سے سنبھل سنبھل کر کھیلنا شروع کیا۔ آہستہ آہستہ اسکا اعتماد بحال ہونے لگا۔ پھر وہ کھلنے لگا۔ گیند خود لپک لپک کر بلے پر آنے لگی۔ ہجوم پاگل ہونے لگا، بالکل پاگل ہو گیا۔

اختر نے دوسرا ٹسٹ میچ اپنے اکلوتے کندھوں پر اٹھا کر کپتان کو پیش کر دیا۔

تیسرا ٹسٹ آ پہنچا تھا۔

شاھد کا پلاسٹر اتر چکا تھا۔ پریکٹس کے دوران اس نے ٹھیک ٹھاک بیٹنگ کی۔ اسکی ہر سٹروک اختر کے دل میں سے گولی کی طرح نکل رہی تھی۔ کپتان نے اختر کو بیٹنگ نہیں کروائی۔ اسکے اندر خوف کی سیاہ بتی مزید تاریک ہونے لگی تھی۔

کپتان نے ٹیم کا اعلان روک لیا تھا۔

"عجیب کپتان ہے! پچ کی حالت دیکھ کر باؤلروں کا فیصلہ کیا جاتا ہے یا بیٹس مینوں کا؟ یہاں لوگ سولی پر لٹکے رس رس کر بہہ رہے ہیں اور کپتان مرغی کی ٹانگیں ناپ رہا ہے۔ کس قدر کرخت اور زخمی کرنے والے قہقہے لگا رہا ہے۔

کپتان پچ کا معائنہ کرنے نکلا تو اختر ساتھ ہو لیا۔ شاید اسی طرح اسکی نظروں میں رہے۔

ابھی وہ سیڑھیوں سے اتر رہے تھے کہ شاھد بھی بھاگا بھاگا آیا اور پیچھے ہو لیا۔

کپتان نے پچ پر مختلف جگہوں پر چابی دھنسائی۔ پھر مطمئن اٹھ کر پتلون اوپر کھینچی، جیب سے ایک چھوٹا سا پیڈ نکالا اور اس پر جلدی جلدی کچھ نوٹ کرتا واپس پویلین کی طرف چل پڑا۔

ہوا میں بلند ہزاروں فٹ اونچی رسی پر ٹنگی دو روحیں زمین پر گرنے سے بچنے کے لیے توازن برقرار رکھنے کی کوشش کر رہی تھیں۔

"شاھد تمہارے ہاتھ میں ابھی تھوڑی سوجن ہے۔ اتنے لمبے ٹور پر رسک نہیں لیا جا سکتا۔ اس میچ میں اختر کھیلے گا۔ تم ریسٹ کرو گے"

اونچی رسی سے ایک روح گری اور نیچے گرتی چلی گئی۔

اختر کے ٹھنڈے جسم میں ایک ساتھ سینکڑوں پھلجڑیاں گرم گرم پھول برسانے لگیں۔

غیر ارادی طور پر اسکی نگاہیں شاھد کی طرف اٹھ گئیں۔ وہ مر گیا تھا۔ اسکی لاش اسکے ساتھ ساتھ چل رہی تھی۔ اختر کی اچھلتی کودتی خوشی پر دکھ کا

گہرا سایہ پاؤں پھیلا کر لیٹ گیا۔ وہ رک گیا۔

''شاہد۔ آئی ایم سوری ۔ ریئلی ویری سوری (REALLY SORRY)''

''شاہد کا سر اور جھک گیا۔ اسکی آنکھوں میں گرم بھاپ اور گہری ہوگئی۔

اختر وکٹ کی طرف بڑھ رہا تھا۔ خوف زدہ چھپکلی وہیں اسکے گھر میں بیٹھی اپنی لمبی پتلی زبان جلدی جلدی چلا رہی تھی۔

''اس ٹسٹ میں ناکامی اور ۔۔۔'' اس نے جلدی سے ذہن کے شٹر گرادیے۔

اس نے آج بھی بڑی احتیاط سے بیٹنگ شروع کی۔۔۔ اپنے جارحانہ سٹائل سے ہٹ کر۔ آہستہ آہستہ رنز بنتی رہیں۔ صدیاں گزر گئیں۔ پھر زوردار تالیوں کی گونج نے اسے جگا دیا۔ وہ پچاس کے ٹھنڈے ریشمی ہندسے کو چھو چکا تھا۔

اسکی قسمت کی ڈوپوک تتلی اسکے ہاتھ میں آ گئی تھی۔ اس نے کریز سے نکل نکل کر انتہائی جارحانہ سٹروک کھیلنا شروع کر دیا۔

وہ شام کو ایک بڑے سکور کے ساتھ نٹ آوٹ (Not Out) لوٹا۔ سب کھلاڑی، منیجر اسے چوم چوم کر مبارک بادیں دے رہے تھے۔ کپتان کی آنکھوں میں طوائف کی چمک تھی۔ اسکا فیصلہ سرچڑھ کر بولا تھا۔

شاہد گم صم ایک اندھیرے کونے میں سکڑا مرا کھڑا تھا۔ اختر آہستہ آہستہ چلتا ہوا اسکے پاس آیا اور اسے ٹوٹ کر بھینچ لیا۔

دونوں اپنے اپنے اَن سرٹین (UNCERTAIN) مستقبل کی سیڑھیوں پر رینگتے سانپوں سے سہمے ایک دوسرے سے چمٹے کھڑے تھے۔

ایک لمحے کے لئے ان کی آنکھیں ملیں۔ دونوں طرف بے رنگ، بے بو پانی چھلک رہا تھا۔ کلیجے کٹ کر آ رہے ہوں، تو بھی آنسوؤں کو رنگ نہیں چڑھتا۔

A.B.C.D

نیلم احمد بشیر

جب سے غافر میاں اپنی کمپیوٹر کمپنی کے ہیڈ مقرر ہوئے تھے، ان کے اماں ابا کو ان کی شادی کی بہت زیادہ فکر ہوگئی تھی۔ جگہ جگہ لڑکی کی ڈھنڈیا پڑ گئی مگر غافر کو کوئی لڑکی پسند ہی نہ آ رہی تھی۔ کسی میں کوئی نقص تھا تو کوئی کمی۔ کسی کا خاندان مالی لحاظ سے انکا ہم پلہ نہ تھا تو کسی کی تعلیم زیادہ یا کم تھی۔ اماں ابا دن رات اسی بحث میں الجھے رہتے کہ صحیح جوڑ کی لڑکی آخر کہاں سے لائیں جوان کے بیٹے کی شریکِ حیات بن سکے۔ ویسے جہاں تک غافر میاں کا تعلق تھا انہیں سوائے ایک بات کے کسی بات سے غرض نہیں تھی۔ ان کا ایک ہی مطالبہ تھا کہ لڑکی باکرہ ہونی چاہیے۔ ظاہر ہے دیکھنے میں سبھی لڑکیاں باکرہ نکلتی ہیں مگر غافر کا کہنا تھا حقیقت کا علم ہو تبھی بات آگے بڑھ سکے گی ورنہ نہیں۔

غافر کے ابا لطافت بیگ صاحب اپنے علاقے میں بہت احترام کی نگاہ سے دیکھے جاتے تھے۔ بہو کی تلاش میں انہوں نے سارا وائر ٹاؤن شہر چھوڑ پورا اپ سٹیٹ نیویارک کا ایریا چھان مارا تھا مگر ابھی تک کامیابی حاصل نہ ہوئی تھی۔ سیراکیوز، المائرہ، کارننگ، کونسا ایسا ٹاؤن تھا جہاں جوان بچیوں کے ماں باپ پاکستانی رہتے ہوں اور غافر کے اماں اور ابا نہ جا پہنچے ہوں۔

مناسب رشتوں کی قلت سے گھبرائے ہوئے ماں باپ ان کی بڑھ چڑھ کے آؤ بھگت کرتے لڑکیاں سکھا پڑھا کر مجبور کی جاتیں کہ دیسی انداز میں چائے کی ٹرالیاں گھسیٹتی اندر آئیں اور اپنا معائنہ کروائیں اور پھر مسترد ہونے پر بھی حوصلہ نہ چھوڑیں۔ غافر کے والدین کہیں بھی مطمئن نہیں ہوتے تھے۔ کبھی انہیں کسی گھر کی لڑکیاں بہت ایڈوانس یا امریکنائز لگتیں تو کبھی ماں باپ الو کے پٹھے بیوقوف معلوم ہوتے۔

غافر کا کہنا تھا کہ A.B.C.D یعنی American born confused Desi بچے بچیاں دہری زندگی گزارتے ہیں۔ ان کی ایک خفیہ طرز زندگی ہوتی ہے جن کا ان کے گھر والوں کو کچھ علم نہیں ہوتا۔ معاشرہ ان سے یہ ہی تقاضہ کرتا ہے۔ اماں ابا اسے سمجھاتے کہ ضروری نہیں کہ ہر گھر میں ایسا ہو مگر غافر اپنے تھیسس پہ مضبوطی سے قائم رہتا کہ حقیقت میں ایسا ہی ہوتا ہے۔

آپ کو بھلا کیا پتہ! ابا ویسے بھی اسی کی دہائی میں امریکہ شفٹ ہونے والے لوگوں میں سے تھے۔ تب یہ ملک آسان اور خوشگوار تھا۔ آنے والے لوگوں کیلئے ہمیشہ بانہیں پسارے رکھتا تھا۔ دہشت گردی نام کی کسی بلا سے دنیا آشنا نہ تھی، سو ابا نے بڑے آرام سے اپنی فیملی کی زندگی کا بلیو پرنٹ بچھایا اور پھر سب کچھ خوش اسلوبی سے ہوتا چلا گیا۔ انہوں نے اپنی بیگم کے ساتھ مل کر ایک دیسی گروسری سٹور کی ابتدا کی اور آرام سے خوشحال ہوتے چلے گئے۔

زندگی اچھی گذر رہی ہو تو اللہ بھی اچھا لگتا ہے اور دین سے محبت رہتی ہے۔ اماں ابا صوم وصلوٰۃ کے پابند تو تھے ہی اب بہت زیادہ مذہبی ہو گئے۔ اورنگ سٹریٹ کے اختتام پہ ایک خالی مکان دیکھ کر اسے اسلامک سنٹر اور مسجد میں تبدیل کر لیا اور اللہ کا گھر آباد ہو گیا۔ مسجد کی ایکٹی وٹیز میں بڑھ چڑھ کر حصہ لینے کے لیے لوگوں کو قائل کرنا شروع کیا تو ایمان والوں میں ان کی قدر ومنزلت بہت بڑھ گئی۔ اماں نے خصوصی طور پر خواتین کو صحیح اسلامی تعلیمات سے آگاہی دینے کے لیے فی سبیل اللہ گھر میں بروز جمعہ درس کا اہتمام کرنا بھی شروع کر دیا۔

اماں ابا کا ارشاد تھا کہ ٹھیک ہے امریکہ میں رہو، محنت کرو اس کا پھل کھاؤ مگر کفار کے اس معاشرے میں بھٹکی ہوئی روحوں کو راہِ راست پر لانے کی ذمہ داری سے پہلو تہی نہ کرو۔ یہی ہمارا ایمان اور مسلک ہونا چاہیے۔ امریکہ جیسے منظم، اصولی، قاعدے قانون سے چلنے والے نظام کے فائدے اٹھاؤ، اچھی زندگی گذارو مگر یہ نہ بھولو کہ آخر کو ہم نے اپنے رب کو منہ دکھانا ہے۔ جب وہ پوچھے گا کہ کیا میرے احکامات ان لوگوں تک پہنچا دیئے جن کو پہنچانے چاہیئے تھے تو ہم کیا جواب دیں گے۔ دنیا کے ساتھ ساتھ ہمیں دین کا بھی پورا پورا حق ادا کرنا چاہیے، یہی انصاف کا تقاضا ہے"۔ ابا اماں اکثر کہا کرتے تھے۔

"ویسے امریکہ میں رہ کر اسلام کی راہ پہ چلنا اتنا مشکل ہوتا بھی نہیں۔ معاشرہ ایسا ہے کہ کوئی کسی کے کام میں نہ مداخلت کرتا ہے نہ کسی کی اتنی خبر ہی رکھتا ہے کہ کوئی کیا کر رہا ہے۔ سب اپنے کام سے کام رکھتے ہیں۔ امریکہ میں بڑا صاف ستھرا اسلام ہے۔ نہ کوئی خون خرابہ، نہ تلوار نہ جہاد، نہ بم نہ دھماکہ۔ معاشرتی برائیاں ہر جگہ کی طرح ظاہر ہے امریکہ میں بھی ہوتی ہیں مگر جھوٹ کوئی بولتا نہیں، حق کوئی مارتا نہیں، دھوکہ کوئی دیتا نہیں تو پھر مسئلہ ہی کیا ہے۔ بلکہ ہم تو یہ کہتے ہیں کہ ان گوروں نے ہمارا اسلام لے لیا ہے اور خود اتنے اچھے بن بیٹھے ہیں۔ یہ تو سارے اسلامی اصول ہیں جن پہ یہ معاشرہ چل رہا ہے۔ بس اللہ بھی ہمیں توفیق دے کہ ہم اصل اسلامی معاشرہ قائم کرنے میں کامیاب ہو سکیں"۔

غافر پہ بھی اپنی امی اور ابو کی تعلیمات کا بہت اثر تھا۔ وہ پنج وقتہ نمازی اور روزے دار تھا۔ شادی کے بعد حج پہ جانے کا بھی ارادہ رکھتا تھا۔ بفلو Buffalo شہر، سال کے تقریباً آٹھ ماہ سردی اور برف کی لپیٹ میں رہتا ہے کینیڈا اور امریکہ کے سنگم پہ واقع اس شہر میں ٹھنڈ زندگی کا ایک اہم حصہ ہوتی ہے جس کی وجہ سے اس علاقے کے رہنے والے اکثر اکتاہٹ اور اداسی کا شکار رہتے ہیں۔

غافر میاں نے اسی لئے بفلو سے دور نیو یارک شہر میں بھی اپنا ایک ذیلی آفس کھول رکھا تھا تاکہ تبدیلی آب وہوا ہوتی رہے اور دل بہت زیادہ بور نہ ہو جائے۔ نیویارک کی چہل پہل سے جی خوش رہتا تھا اور کام میں بھی دل لگا رہتا تھا۔

غافر میاں سادہ طبیعت تھے۔ انہیں شوشا بالکل پسند نہیں تھی۔ گھر میں فراوانی تھی، زندگی میں آسانی تھی لہٰذا بس اب تو واقعی ان کا بھی دل چاہ رہا تھا کہ جلدی سے ایک پیاری سے دلہنیا لے آئیں اور میٹھی میٹھی شادی شدہ زندگی کے مزے لوٹیں۔ مگر مسئلہ یہی تھا شرط وہی تھی کہ لڑکی باکرہ ہو اور اب اندر کی بات کا کیسے پتہ لگایا جا سکتا تھا؟ بڑا مسئلہ پیدا ہو گیا تھا۔

بفلو سے تیس میل دور کے ٹاؤن سپرنگ ویلی سے ڈاکٹر آفتاب نئے نئے فلوریڈا سے شفٹ ہوئے تھے۔ ایک دو ڈنرز پہ ملاقات ہونے سے پتہ چلا کہ ان کی نوجوان خوبصورت بیٹی کرن ہے جو ڈاکٹر بننے جا رہی ہے، مگر ڈاکٹر آفتاب چاہتے ہیں کہ اسکا اس دوران کہیں رشتہ بھی طے ہو جائے تو اچھا ہے۔ وہ بھی آجکل بیٹی کیلئے رشتے دیکھ رہے ہیں۔

اماں ابا فوراً ہی غافر میاں کو لئے ڈاکٹر آفتاب کے ہاں جا پہنچے۔

سب کچھ بہت اچھا لگا۔ ڈاکٹر آفتاب اور مسز آفتاب ملنسار، خوش مزاج، اونچا سٹیٹس رکھنے والے لائق، حسین وجمیل بیٹی کے ماں باپ تھے۔ ان کا ملین ڈالر مینشن بھی دیکھنے سے تعلق رکھتا تھا مگر بس ان کے گھر میں ایک بات کچھ عجیب تھی۔ ساری فیملی موسیقی کی رسیا تھی۔ ڈاکٹر صاحب اکثر شام کو ویک اینڈ پہ موسیقی کی محفلیں منعقد کرواتے تھے۔ ان کا بیٹا طبلہ اور بیٹی کرن ستار کے سبق لیتی تھی جس کیلئے اُستاد دور دراز علاقوں سے سفر کر کے ان کے ہاں آتے تھے۔ گھر میں تانپورہ اور دیگر ساز سجے نظر آتے تھے۔ اماں ابا اور غافر کا دل کچھ پھیکا سا پڑنے لگا مگر اب چونکہ ان کے گھر ہی گئے تھے لہٰذا اخلاق کا تقاضہ تھام کہ اچھی طرح سے ملاقات اور بات چیت کر کے ہی جائیں۔ چائے کی میز پہ ہلکی پھلکی گپ شپ رہی۔ جینز ٹاپ میں ملبوس کرن بھی خوش مزاجی سے سب سے پیش آئی۔ یکا یک کرن نے غافر کو ڈائرکٹ مخاطب کر کے کہا۔

''چلئے میں آپ کو اپنے بیک یارڈ میں اگے سرخ کارنیشن کے پھول دکھاؤں''۔

اماں ابا نے چونک کر کرن کی طرف دیکھا مگر پھر سوچ کے چپ ہو گئیں کہ امریکہ ہے یہاں ایسا ہی ہوتا ہے۔

ڈاکٹر اور مسز آفتاب نے گھبرائی ہوئی نظروں سے بیٹی کی طرف دیکھا تو کرن مسکرا دی جیسے کہہ رہی ہو۔ ڈونٹ وری۔

''بیٹا غافر میں ذرا تمہیں وارن کر دوں میری بیٹی ذرا مختلف سی ہے۔ کافی آؤٹ سپوکن ہے۔'' مسز آفتاب نے معذرتانہ انداز میں کہا۔ ''بہت صاف گو ہے''۔

''صاف گوئی تو اچھی بات ہے۔'' ابو جان ممیا کر بولے۔

''دراصل یہ امریکن بچے ہیں۔ لگی لپٹی بالکل نہیں رکھتے۔ یہ معاشرہ اتنا اوپن ہے کہ یہاں جھوٹ بولا ہی نہیں جاتا۔ منافقت نام کی چیز سے بچوں کی واقفیت ہی نہیں ہے۔'' اماں ابا کو کچھ سمجھ نہیں آئی کہ آخر یہ ہمیں کیا سمجھانے کی کوشش کر رہے ہیں۔

''اچھا تو غافر۔۔۔ پہلے تو یہ بتائیں کہ آپ کا امریکن نام کیا ہے؟ کرن نے ایک پنک کارنیشن کو پیار سے چھوتے ہوئے بڑے کیثر دل انداز میں سوال کیا۔

''امریکن نام؟ اوہ اچھا میں سمجھا۔۔۔ ہاں میری ورک پلیس پہ لوگ مجھے گیف کہہ کر بلاتے ہیں''۔ غافر مسکرایا۔ ''اور آپکا!''

''میں کیلی ہوں۔ Kelly۔ بھئی کرن یہاں کے لوگوں کے منہ سے نکلتا ہی نہیں۔ کرن نے بھی مسکرا کر جواب دیا۔ اچھا گیف۔۔۔ آئی نو کہ ہم دونوں ایک دوسرے سے شادی کرنے کیلئے مل رہے ہیں مگر مجھے آپ سے ایک سوال پوچھنا ہے۔ اس سے پہلے کہ بات آگے بڑھے''۔ کرن نے پاس پڑی لان چیئر کو سیٹ کر کے غافر کو بیٹھنے کا اشارہ کرتے ہوئے کہا۔

''جی؟ پوچھیں جو پوچھنا ہے۔ ویسے میں آپ کو خود ہی بتا دینا چاہتا ہوں کہ میں اپنی کمپنی میں سینئر ترین پوسٹ پہ ہوں یعنی پریزیڈنٹ۔ میں سالانہ ایک لاکھ ڈالر کماتا ہوں اپنا گھر ہے۔۔۔ اور ہینڈسم بھی ہوں۔'' غافر مسکرایا۔

''سوری۔ میرا سوال یہ نہیں ہے''۔ کرن نے بات کاٹتے ہوئے کہا

''تو پھر؟'' غافر کا چہرہ سوالیہ نشان بن گیا۔

''ARE YOU A VIRGIN?'' کرن نے اچانک کہا اور پھر اس کے چہرے کو بغور دیکھنے لگی۔

پرامن پرسکون۔ شانت ہیروشیما پہ اچانک ایک دھماکہ خیز بم گرا۔

سب کچھ اتھل پتھل ہو گیا۔

''جی؟ ?What do you mean۔ کیا مطلب ہے آپ کا؟'' غافر گڑبڑا گیا۔

''صاف بات ہے گیف۔ میں جاننا چاہتی ہوں کہ آپ ورجن ہیں یا نہیں کیونکہ میں ورجن ہوں۔ میرے ماں باپ نے مجھے بچپن سے یہی سکھایا ہے کہ ہماری اسلامی روایات یہ ہیں کہ ہم اپنے آپ کو شادی ہونے تک پاک رکھیں۔ یعنی Pure میں نے اپنے والدین کا کہنا مانا ہے اور آج پچیس سال کی ہونے والی ہوں مگر میں نے اپنی مکمل طور پہ حفاظت کی ہے۔ دیکھیں میں deserve کرتی ہوں کہ مجھے بھی ورجن شوہر ہی ملے۔ ٹھیک ہے نا۔۔۔؟'' کرن معصومیت سے اپنا فلسفہ ایمانداری بیان کرتی چلی گئی۔

''آف کورس۔۔۔ آئی ایم۔'' غافر پرجوش انداز میں بولا۔۔۔

''گڈ گڈ۔ پھر اس کے بعد ہی ہم آگے بات کر سکتے ہیں۔ دراصل یہ سوال میں اپنے لئے آنے والے ہر رشتے سے کرتی ہوں نا۔۔ تو وہ بھاگ جاتا ہے۔ اماں پاپا بہت ناراض ہوتے ہیں۔ مگر میں کوئی غلط بات تو نہیں کر رہی

نا۔۔۔شادی میں مکمل Honesty تو ہونا چاہیے نا۔۔۔'' کرن مسکرادی۔

غافر کو اس لڑکی پہ یکلخت پیار آ گیا۔ اسے لگا اس کی منزل مل گئی ہے۔ گھر میں ستار، طبلے ہیں تو کیا ہوا۔۔۔ جو اسکا معیار تھا اس پہ تو پوری اتر گئی تھی۔ اللہ نے کتنی مہربانی کر دی تھی غافر پہ۔ وہ دل ہی دل میں خدا کا شکر بجا لایا۔

اس نے واپسی کی ڈرائیو میں ہی اماں ابا کو بتا دیا کہ اسے لڑکی سو فیصد پسند آ گئی ہے۔ کیا ہوا اگر ان کے گھر کا ماحول ہم سے مطابقت نہیں رکھتا۔ میاں بیوی خود مل جل کر بھی تو اپنے گھر کا ماحول بناتے ہیں۔ اماں ابا خوش ہو گئے کہ بالآخران کے بیٹے کو کوئی لڑکی بھا ہی گئی اور اس نے اپنی وہ فضول سی ضد بھی بالآ خر توڑ ہی دی۔ غافر کی چھوٹی بہن یونیورسٹی آف بفلو میں پڑھنے والی روشن خیال لڑکی تھی، اسے اپنے بھائی کے لڑکی کے بارے میں یوں متجسس ہونے پر اتنی خوشی نہیں تھی۔

''تو بھیا پھر کرن کے بارے میں آپ کو کیسے پتہ چلا؟ میرا مطلب ہے ۔۔۔'' اس نے بات ادھوری چھوڑ کر بھائی کی طرف استفہامی انداز میں پوچھا۔

''مجھے اس پر پورا یقین ہے کہ وہ کردار، گفتار اور سوچ میں سو فیصد مضبوط ہے۔ بس تم لوگ شادی کی تیاریاں کرو۔۔۔ میں ذرا آن لائن جا کر کرن سے بات کرنا چاہتا ہوں۔'' غافر میاں نے ایک لمبی انگڑائی لی اور لیپ ٹاپ آن کر لیا۔

کرن کو بھی غافر اچھا لگا تھا لہٰذا گھر والوں کے توسط سے بات آگے بڑھنے لگی اور معاملات طے ہوتے چلے گئے۔ شادی کی تاریخ سیٹ ہو گئی مگر دونوں گھرانوں کے طرزِ زندگی اور خیالات مختلف تھے اسلئے چند باتیں کہیں کہیں رخنے کا باعث بھی بنیں۔ غافر میاں اور ان کے گھر والوں کا خیال تھا کہ اسلامی روایات کے مطابق نکاح سادگی سے مسجد میں ہو، کوئی دھوم دھڑکا نہ کیا جائے جبکہ ڈاکٹر آفتاب اور انکی بیگم جیسے موسیقی کے رسیا، سوشل جوڑے کو شوق تھا کہ شادی کی تقریبات رنگ بھری اور پرلطف ہوں۔ محفل موسیقی ہو، بھنگڑا نائٹ ہو، مہندی ہو۔۔۔ غرضیکہ کوئی بھی شام خالی اور بے کیف نہ رکھی جائے۔ اپنی پاکستانی کمیونٹی کو خوب خوب انجوائے کروایا جائے۔۔۔ بات یہاں ختم ہوئی کہ اپنے اپنے گھروں میں اپنے اپنے انداز اور خواہش کے مطابق شادی کی خوشیاں منا لینے میں کوئی مضائقہ نہیں۔ جو جس کا جی چاہے کر لے۔ لڑکی لڑکے میں تو ویسے بھی انڈرسٹینڈنگ پیدا ہو چکی تھی لہٰذا سب کچھ خوش اسلوبی سے طے ہو گیا اور شادی بخیر و عافیت انجام پا گئی۔ دلہا دلہن اپنے نئے اپارٹمنٹ میں شفٹ ہو کر اسے سجانے سنوارنے میں مصروف ہو گئے۔

''سویٹ ہارٹ میں بڑا خوش قسمت ہوں کہ مجھے تم جیسی پیاری اور اچھی لڑکی ملی مگر یہ بات میں کہے بغیر نہیں رہ سکتا کہ تم امریکن بارن لڑکے لڑکیاں ہوتے بڑے منہ پھٹ ہو۔ شادی سے پہلے جو تم نے میرا انٹرویو لیا تھا، اتنا بولڈ اور ڈائرکٹ سوال۔ وہ تو میں ہی تھا جو اسے ہینڈل کر گیا۔۔۔ کوئی اور ہوتا تو کلین بولڈ ہو جاتا۔۔۔'' غافر مذاق کرتا ہوا کرن کو چھیڑنے لگا۔

''کمال ہے آپ صاف گوئی اور ایمانداری سے بات کرتے پر مجھے منہ پھٹ کہہ رہے ہیں۔ حیرت ہے، یہ میرا حق تھا کہ سچائی جانوں۔۔۔۔ اور آپ بھی تو امریکن ہیں، تو مجھ سے مختلف کیسے ہوئے؟'' کرن بدستور اپنی بات پہ قائم رہی۔

''میں پیدا تو پاکستان میں ہی ہوا تھا نا۔۔۔ مان گئے بھئی میری بیگم ہے بڑی بہادر''

اچھا چھوڑیں یہ بتائیں گیف کہ ہنی مون کیلئے ہم کہاں جا رہے ہیں؟ کرن نے پیار سے اسکے گلے میں بانہیں ڈالتے ہوئے کہا۔

''کیا خیال ہے ہوائی یا ورجن آئی لینڈز نہ چلیں؟'' غافر نے تجویز پیش کی۔

''نہیں مجھے نیویارک سٹی دیکھنے کا بہت شوق ہے بس وہیں کی ہی بکنگ کروالیں۔ میرا ڈریم ہے نیویارک جانا۔۔۔'' کرن نے اپنے شوہر کے گلے میں پیار سے بازو ڈال دیئے۔

''نہیں کرن۔۔۔ نیویارک تو میں نے ہزاروں دفعہ دیکھا ہوا ہے۔ مت بھولو کہ میرا دوسرا آفس بھی وہاں ہے۔ اب مجھے نیویارک میں کوئی اٹریکشن محسوس نہیں ہوتی۔'' غافر نے جھنجھلا کر جواب دیا۔

''آپ کو نہیں ہے مگر مجھے تو ہے گیف۔ بچپن میں ایک دفعہ مما پاپا لے گئے تھے تب سے میں اس کی جھلمل کرتی روشنیاں اور دیوانہ کر دینے والی رونقیں کبھی بھلا نہ سکی ہوں'' کرن اصرار کرتی چلی گئی تو مجبوراً غافر نے مین ہٹن میں ہوٹل بک کروا لیا اور کرن کو اچھی طرح سیر کروانے کے لیے متعدد بروشرز اکٹھے کر لئے تاکہ نیویارک میں ہونے والے کسی بھی ایونٹ کو مس نہ کریں انہیں یہ ہنی مون ٹرپ ایک یادگار ٹور کے طور پہ ہمیشہ یاد رہے۔

سب سے پہلے کرن نے اپنے شوہر سے گراؤنڈ زیرو دیکھنے کی فرمائش کی تو غافر اسے وال سٹریٹ سے واک کرواتا ہوا وہاں لے گیا۔ دونوں نے اس بڑے سے خالی ویکیوم جیسے ایریا کو دیکھا تو دونوں کے جی اداس ہو گئے۔ کرن نے وہاں مرنے والوں کیلئے پھول اور کارڈ رکھے اور دل ہی دل میں خدا سے انسانیت کی بقا کیلئے دعا کی۔

مین ہٹن سے سٹیشن آئی لینڈ جانے کیلئے وہ دونوں آخری سٹاپ کی سب وے لے کر فیری کے لنگرانداز ہونے کی جگہ پہنچے اور فراٹے بھرتی ہوئی تیز رفتار فیری کو ہڈسن دریا کا سینہ چیرتے ہوئے دیکھ کر خواہ مخواہ رومانٹک ہو گئے۔ کرن نے ٹائی ٹینک فلم کی طرح فیری کے ایک کونے پہ کھڑے ہو کر بازو پھیلا دیئے اور ہوا کو اپنے پورے وجود کے ساتھ محبت کرتے محسوس کر کے خوش ہونے لگی۔ غافر نے بھی اپنی پیاری بیوی کا ساتھ دینے کیلئے اسے پشت سے اپنے ساتھ لگا لیا اور دونوں خود کو لیونارڈو ڈی کیپریئو اور کیٹ وینسلٹ سمجھ کر تیز ہوا میں جھومنے لگے۔ کتنا مزا آ رہا تھا یوں سرِ عام محبت کرنے اور محبت میں تمام حدیں

پار کر جانے کا کیونکہ امریکہ میں تو محبت کرنے کو ایک قدرتی امر سمجھتے ہوئے چھپایا نہیں جاتا بلکہ عین قدرتی عمل گردانا جاتا ہے۔ اسوقت کرن اور غافر مکمل طور پر امریکی بنے ہوئے تھے اور کھل کر سرِ عام ایک دوسرے سے محبت کیئے جانے سے قطعاً گھبرایا شرمانہیں رہے تھے۔

''کتنا شفاف پانی ہے نا گیف!'' سفید سفید جھاگ اڑاتے ہڈسن دریا کی اٹھلاتی لہروں کو دیکھ کر کرن شوخی سے بولی۔

''بالکل تمہارے دل کی طرح مائی لیڈی LOVE۔'' غافر نے اسے پیار سے لپٹا کر اپنی جیکٹ اڑھاتے ہوئے کہا۔ تو کرن کا رواں رواں خوشی اور احساس تفاخر سے ناچنے لگا۔ کتنا پیار کرنے والا شوہر ملا تھا اسے۔

''اب مجھے فارئی سیکنڈ سٹریٹ کی سیر کرنا ہے۔'' کرن نے پاپ کارن کھاتے ہوئے رکی ہوئی ٹرین کے پائیدان پر قدم رکھا اور پھر سب وے میں بیٹھ کر غافر سے فرمائش کی۔ ٹرین چھکا چھک چلتی جا رہی تھی۔ لوگ اپنے اپنے سٹاپ پر اتر رہے تھے اور کچھ نئے لوگ چڑھ رہے تھے۔ زندگی رواں دواں تھی۔

''نہیں یار۔ فارئی سیکنڈ سٹریٹ پہ بہت رش ہوتا ہے۔ موڈ نہیں ہے۔ چلو سیدھے ہوٹل چلتے ہیں۔ بلکہ کیوں نہ میں تمہیں موما دکھا دوں؟'' غافر نے اپنے جیب سے نیویارک شہر کی میں ائریکشنز والا بروشر نکال کر اسے دکھانا چاہا۔

''موما؟'' یعنی میوزم آف ماڈرن آرٹ' وہ بھی میری لسٹ پر ہے لیکن جناب آپ کو شاید علم نہیں وہ شام کو پانچ بجے بند ہو جاتا ہے۔ اسوقت تو وہاں نہیں جا سکتے۔ میں نے نیٹ پہ سرچ کر کے دیکھ لیا تھا۔'' کرن اٹھلا کر بولی۔

''اچھا تو چلو روز ویلٹ ڈرائیو پہ جا کے بورڈ واک کرتے ہیں۔ دریا کا نظارہ بھی ہوگا اور بہت سے آبی پرندے بھی نظر آئیں گے۔ تمہیں تو شوق ہے نا آبی پرندے دیکھنے کا؟'' غافر نے کرن کو ایک نئی تجویز دی۔

''نہیں نہیں۔ اسوقت تو میرا صرف اور صرف فارئی سیکنڈ سٹریٹ دیکھنے کا موڈ ہے! ایسی کونسی نیویارک سٹی کی وزٹ ہوتی ہے جس میں ٹائمز سکوائیر یا فارئی سیکنڈ سٹریٹ شامل نہ ہوں۔'' کرن بدستور ضد کرتی گئی۔

''او کے۔ یُو ون۔ Ok. you win۔ چلو بھئی تمہیں ٹائمز سکوائیر اور فارئی سیکنڈ سٹریٹ دکھا ہی دوں۔ کیا یاد کرو گی؟'' غافر ہتھیار پھینکتے ہوئے بولا اور ٹائمز سکوائیر کا نام سنتے ہی ٹرین کی سیٹ سے اٹھ کھڑا ہوا۔ کرن بھی اسکا ہاتھ پکڑے پیچھے پیچھے چلنے لگی۔

نیویارک سیٹی کی جان ٹائمز سکوائیر روشنیوں سے دمکتا اور زندگی سے دھڑکتا تھا پھولوں سے سجی خوبصورت بگھیاں کھینچنے والے تنومند شاندار گھوڑے سنڈریلا کی کہانی کے وہ دیومالائی کردار لگتے تھے جو محبت کرنے والے شہزادے اور شہزادیوں کو کسی سپنوں کی مہکتی وادی اور خوشیوں کے نگر کی جانب اڑاتے لئے چلے جاتے ہیں اور پلٹ کے دیکھتے تک نہیں۔

شہر خوشیاں منا رہا تھا۔ نیوز کی پٹیاں چل رہی تھیں۔ تیسری دنیا کے پسماندہ ملک اپنے اپنے پنڈورا باکس کھولے بیٹھے تھے اور دکھ بہت دور کہیں بستے تھے۔

فارئی سیکنڈ سٹریٹ میں پہنچ کر کرن اور غافر ایک سائیڈ پہ لگے بینچ پہ بیٹھ گئے اور سٹریٹ وینڈر سے لے کر مشہورِ زمانہ عربی مائرو کھانے کا آرڈر دے دیا۔ اس والے کی دور دور تک شہرت تھی کیونکہ اس جیسا کھٹا، چٹپٹا وہائٹ ساس پورے نیویارک میں کوئی نہ بناتا تھا۔ کرن فرینک ستانزا کا مشہور گانا گنگنانے لگی۔

I want to wake up in a city that never sleeps.

New york. New york

واقعی لگتا ایسا ہی جیسے یہ شہر کبھی نہیں سوتا'' وہ خلاؤں میں گھورتے ہوئے بولی۔

''ارے کرن۔۔۔ کیا کر رہی ہو' سرِ عام گانا؟ یہ کیا مذاق ہے بھئی؟'' غافر حیرت سے بولا۔

''ارے بھی سچویشن کے حساب سے گانا یاد آ رہا تھا تو میں نے ذرا سا گنگنا لیا۔ اس میں ایسی کیا بات ہے؟'' کرن حیران ہو کر بولی۔

''کچھ نہیں۔۔۔ بس یونہی!'' غافر کچھ کہتے ہوئے جھجک گیا۔

''غافر۔ مائی ہنی تم بھی میوزک سنا کرو۔ اس سے آدمی نارمل اور پرسکون رہتا ہے بی لیومی!'' کرن ہنس کر بولی۔

''تمہارا خیال ہے میں نارمل نہیں ہوں؟'' غافر نے مذاق سے اسے ہاؤ کہہ کر ڈرا دیا تو دونوں ہنسنے لگے۔

''ارے یہاں تو بڑی سیکس شاپس اور پرایچی ٹیوشن ہوتی تھا نا مگر پھر سنا ہے اب وارنر برادرز نے اس سٹریٹ کو فیملی انٹرٹینمنٹ سٹریٹ بنانے کیلئے بالکل کلین کر دیا ہے۔'' کرن نے فارئی سیکنڈ سٹریٹ کے دور تک جلتے بجھتے نیون سائنز دیکھ کر کہا'' دیکھو اب کتنی Toy shops ہیں یہاں!''

''اوہ؟ تمہیں اتنی معلومات کیسے؟ تم تو کہتی ہو کبھی یہاں آئی ہی نہیں ہو'' غافر کچھ حیران ہو کر پوچھنے لگا۔

''آئی نہیں ہوں تو کیا ہوا۔ امریکہ میں ہی رہتی ہوں۔ نیٹ پر پڑھتی ہوں۔ اتنی بچی تو نہیں۔ I Know every thing۔'' کرن نے شوخی سے کہا۔ غافر خاموش ہو گیا۔ سٹریٹ کے کونوں اور پوشیدہ alleys میں حد سے زیادہ اونچی ایڑھی مختصر لباس تنگ شارٹس پہنے بے تحاشا میک اپ کیئے بھاری جیولری سے لدی کئی نوجوان خوبصورت لڑکیاں سپنوں کی طرح لہراتی سرسراتی نظر آ رہی تھیں۔ کرن کو یہ اندازہ لگانے میں کوئی دقت محسوس نہیں ہوئی کہ ان سپنوں کے بدن کونسے شکاروں کو ڈنگنے کیلئے مچلتے اور شوکتے تھے۔ ان کی خوشبو سونگھتے پھرتے تھے۔ اور پھر انہیں دام میں پھنسا لینے کے بعد کیا کرتے تھے۔ ''Poor girls''۔ کرن نے ایک اسی طرح کی سجی بنی تیار لڑکی کو ایک ڈیل کرتے ہوئے دیکھ کر افسوس کا اظہار کیا۔ لڑکی جھک کر کار میں بیٹھے آدمی سے

غالباً ضروری معاملات ڈسکس کر رہی تھی۔ یہ بے چاری سیکس ورکرز کو کن آفتوں سے گذرنا پڑتا ہے۔'' کرن نے ٹھنڈی سانس بھری۔

''کیا مطلب ؟ تم ان لڑکیوں سے ہمدردی کر رہی ہو؟ حیرت ہے۔ارے یہ لڑکیاں تو جہنم کا ایندھن ہیں۔قیامت کی نشانیاں ہیں عذاب الٰہی نہیں''۔یکا یک غافر کو غصہ آ گیا اور وہ بکتا چلا گیا کرن ٹھٹھک کر رہ گئی۔

میں اس لئے تمہیں یہاں اس پلید جگہ پہ لے کر نہیں آنا چاہتا تھا۔ یہ تم جیسی پاک صاف معصوم لڑکیوں کیلئے بالکل مناسب نہیں ہے۔چلو میں تھک گیا ہوں۔ہوٹل چلتے ہیں۔'' غافر کا موڈ آف ہوتا چلا گیا۔

''اچھا ڈیئر۔اتنا ناراض ہونے کی کیا بات ہے یہ نیویارک ہے۔ یہاں سب چلتا ہے۔اچھا چلو اندر چلتے ہیں وہ سٹار بکس کافی شاپ ہے نا۔۔۔وہ ہمیں بلا رہی ہے اور کہہ رہی ہے آ کر ایک ایک مفن کھاؤ کیا مینو کافی پیو اور موڈ ٹھیک کرلو۔۔۔تو کیا خیال ہے۔چلیں؟ کرن نے حسب معمول ہلکے پھلکے انداز میں مذاق سے کہا تو غافر بھی مسکرا دیا اور دونوں کافی شاپ کی طرف چلنے لگے۔

''اچھا ایسا کرو تم یہاں بیٹھ کر یہ میگزین دیکھو اور میں ہی کافی اور مفن لاتی ہوں'' کرن اٹھی اور جا کر لائن میں کھڑی ہو گئی۔ویک اینڈ کی وجہ سے رش بہت زیادہ تھا اسلئے باری ہی نہیں آ رہی تھی۔کرن وقفے وقفے سے غافر کو ہاتھ ہلاتی مسکراتی اور حوصلہ دلاتی رہی اور وہ میگزین پڑھنے میں دھیان دیتا رہا۔

یکا یک کرن کی نگاہ ایک سپنی پہ پڑی جو فل ساز و سامان سے لیس کافی شاپ میں داخل ہو گئی۔ابھی کرن اس کے سیکسی کپڑے دیکھ ہی رہی تھی کہ اس سپنی نے غافر کے پاس پڑا اسٹول کھسکایا اور اس سے ہیلو ہائے کرنے لگی۔

''اوہ مائی گاڈ۔غافر تو ان کال گرلز سے بہت چڑتا ہے۔کرن کچھ سوچ کر آگے بڑھنے ہی والی تھی کہ یکا یک سپنی کی آواز اس کے کانوں کے پردے سے ٹکرائی۔

''گف۔۔۔تم کہاں غائب تھے۔دو سال ہو گئے تم سے ملے ہوئے۔میں نے تمہیں ایک چیز دکھانا تھی'' یکدم غافر کے چہرے پہ ایسی خوفناک گھبراہٹ طاری ہوئی جیسے اس نے ورلڈ ٹریڈ سینٹر کے کسی اونچی منزل میں واقع آفس کی کھڑکی سے حملہ آور جہاز کو پوری طاقت سے اپنی طرف آتے دیکھ لیا۔

کرن نے اچانک یوں منہ پھیر لیا جیسے اس نے کچھ دیکھا ہی نہیں مگر وہ کنکھیوں سے پھر بھی اسی طرح دیکھتی رہی۔اس کا دل زور زور سے دھڑکنے لگا۔کافی اور مفن کی ادائیگی کیلئے پکڑے ہوئے نوٹ ہاتھ میں لرزنے لگے۔

اب لڑکی غافر کو ایک بچے کی تصویر دکھا رہی تھی۔کرن نے اچٹتی ہوئی نگاہ سے یہ بھی دیکھ لیا تھا۔پھر نہ جانے کیا ہوا غافر نے لڑکی سے کیا کہا کہ وہ اچانک اٹھی اور اپنی ہائی ہیل کی جوتی کھنکھناتی خاموشی سے سٹار بکس کا دروازہ کھول کر باہر نکل گئی۔کرن کی باری آ گئی تھی۔اس نے خاموشی سے کافی اور مفن تھامے اور ٹرے میں رکھ کر دھیرے دھیرے غافر کی میز کی طرف بڑھنے لگی۔

اسے لگا غافر ان چند ہی منٹوں میں صدیوں بوڑھا ہو گیا ہے۔اس کی آنکھیں گڑھوں میں جا گری ہیں اور چہرہ مکروہ جھریوں سے بھر گیا ہے۔

''لے آئی ہو کافی سویٹ ہارٹ؟ YOU ARE AN ANGEL'' غافر نے اس کے ہاتھ سے ٹرے تھامتے ہوئے گال پہ ہلکا سا بوسہ دیا۔کرن چپکے سے بیٹھ گئی اور کڑوی کڑوی کافی کے گھونٹ حلق سے نیچے اتارنے لگی۔

''اس کے بعد براڈوے تھیٹر دیکھنے چلیں؟'' غافر نے خوشامدانہ لہجے میں شگفتگی سے کہا۔

''کون تھی وہ؟'' کرن کے منہ سے بمشکل نکلا۔

''ایک پرانی آفس کولیگ۔میں نے کہا مجھے ڈسٹرب نہ کرو میں اپنی پیاری وائف کے ساتھ ہوں تو سمجھتے ہوئے چپکے سے چلی گئی۔

کرن کو لگا جیسے وہ پتھر کی بن گئی ہو۔ایسا پتھر جس کے اندر صرف آگ ہوتی ہے اور بھسم کر دینے کی خواہش۔وہ اپنی جگہ سے اٹھ کھڑی ہوئی۔اسکی آنکھیں شعلے برسانے لگیں۔

''غافر'' اس نے پہلی بار غافر کو گف کی جگہ اسکے اصلی نام سے پکارا۔تم ٹھیک کہتے ہو ہم A.B.C.D لوگ بڑے منہ پھٹ ہوتے ہیں۔میں بھی ایسی ہی ہوں۔سنو میں اب تمہیں منہ پھاڑ کے کچھ کہنے جا رہی ہوں۔

''طلاق۔طلاق۔طلاق۔'' وہ پوری قوت سے چیخی۔

"دوستی کی میزان"

نجیب عمر

مرزا صاحب اور آغا جی میں بڑی گاڑھی چھنتی تھی۔ ان کے تعلقات دیرینہ زمانے کے سرد گرم سے آشنا۔ ایک دوسرے کے آزمودہ کار دوست تھے۔ سارے علاقے میں ان کی دوستی ضرب المثل بن چکی تھی۔ اس وقت سے سب ڈرا کرتے تھے کہ یہ دونوں کسی کے مخالف ہو جائیں تو پھر نہ مرزا کے مصاحب ان کے طرفدار اور نہ آغا کے ہم نوا ان کے مددگار۔ برعکس اس کے اگر یہ دونوں کسی کی حمایت میں آ جائیں تو ان کے پو بارہ۔ پھر کیا مجال کہ کوئی ان کی طرف نظر بد کرے۔

شعر و ادب کا شوق۔ زبان دانی کا ذوق۔ کئی شاعروں کے دیوان ازبر۔ مشاعرے کے رسیا۔ شاعروں کا احترام ان کی گھٹی میں۔ یہ وہ زمانہ تھا جب شاعر نہ ہونا عیب کی بات تھی۔ کسی کے شاعر ہونے میں کیا حیرت۔ کیا مجال کہ شعر میں کوئی سکتہ برداشت کر لیں۔ وزن سے گرنے والوں کو نظروں ہی سے گرا دیتے۔ کسی شعر پر ان کی داد سند سمجھی جاتی۔ جب تک کوئی شعر ان کے معیار تک نہ پہنچے داد نہ دیتے بس مصرعہ اٹھانے پر اکتفا کرتے اور ایسا نہ کرنے والوں کو اس دور میں کور ذوق سمجھا جاتا لیکن ان کے منہ سے واہ واہ خاص اشعار پر ہی نکلتے۔ اور اکثر ان کی داد یوں ہوتی۔ آغا جی داد دیتے۔ مرزا بھئی واہ ان نے تو کمال کر دیا۔ واہ بھئی واہ اور مرزا صاحب داد اس طرح دیتے کہ آغا جی دیکھئے کیا غضب کیا ہے۔ واہ بھئی واہ چونکہ ایسا ممکن نہ تھا کہ دونوں ساتھ نہ ہوں۔ سامعین میں ان کی حیثیت ممتاز ہوتی اور اکثر شعراء انہیں مخاطب کر کے شعر کہتے۔ اکثر احباب ان سے شکوہ کرتے کہ وہ مشاعرہ کیوں نہیں پڑھتے۔ دونوں بہ یک زبان کہتے کہ میاں، غالب و ذوق اور میر و سودا جیسا کلام نہ ہو تو پڑھنے کا فائدہ۔

لذت کام و دہن کے دونوں پرستار، عمدہ اور لذیذ کھانوں کے رسیا بات بے بات موقع بے موقع دیگ چڑھ جانا اور جشن کا سماں بن جاتا۔ ان کا شوق لیکن غریبوں کے پیٹ بھر جاتے ادھر ساون کی جھڑی لگی ادھر پکوان کے کڑھاوے چڑھے۔ محرم کے حلیم کی دور دور تک دھوم تھی، اناج کی کوئی قسم ایسی نہ تھی جو اس میں پڑتی نہ ہو۔ عمدہ گوشت اور جوان ساری رات گھوٹتے۔ خالص گھی کے تڑکے اور بگھار کے بعد ہرے مصالحوں کے بہار میں پیش کی جاتی۔ ہر کھانے والا انگلی چاٹتا رہ جائے۔ کبھی شب دیگ، متجن، قورمہ، پلاؤ، بریانی کہاں تک گنوایا جائے۔ مشام جاں کو معطر کرنے والی اشتہا انگیز خوشبو سے سارا دلان مہکتا رہتا۔

عطریات کے دونوں شوقین۔ اعلیٰ قسم کا عطر لوگ خود ان کے ہاتھوں بیچنے آتے کیوں کہ دام اچھے ملتے۔ مرزا کا سسرال ہی قنوج میں تھا۔ لہٰذا عمدہ سے عمدہ عطر سوغات کے طور پر ان تک پہنچتا۔ موسم کی مناسبت سے خوشبو کا انتخاب ان کے ستھرے ذوق کا پتہ دیتا۔ دونوں اس حدیث پر کاربند کہ خوشبو لگانا کارِ ثواب کہ اس سے دوسروں تک فرحت و انبساط کا پیغام پہنچتا ہے۔

لیکن ایک سخت امتحان ان کی دوستی پر بھی گزرا۔ جسے یاد کر کے آج بھی وہ کانپ جاتے بلکہ یہ کہنا زیادہ قرین حق ہے کہ ان کی دوستی کی بنیاد خلوص پر تھی لہٰذا وہ پل صراط سے کامیاب گزر گئے اور انہوں نے کسی چاپلوس، منافق اور مصلحت پسند کو قریب پھٹکنے نہیں دیا۔ انتہائی غیظ کے عالم میں بھی رابطہ ٹوٹنے نہیں دیا کہ کوئی میان کار آ جائے اور بات بگاڑ دے۔

ایک مرتبہ خود مرزا صاحب نے آغا جی سے دریافت کیا کہ آغا جی بتایئے جب ہمارے تعلقات پر بن گئی تھی تو آپ نے کیسا محسوس کیا، انہوں نے جواب دیا مرزا تمہارے بنا زندگی کا کیا تصور میں وحشت زدہ تھا کہ میرا کیا بنے گا، مرزا صاحب نے گلوگیر لہجے میں کہا میری حالت بعینہ تھی۔ لیکن وقت نے ثابت کیا۔ آغا جی تمہارے لونڈے، بھلا کیا نام تھا اس کا آغا جی لقمہ دیتے غفار۔ مرزا بیان جاری رکھتے۔ اس لونڈے اور ہماری لونڈیا کلثوم ان میں کیا دم تھا کہ ہمارے بیچ کھڑے ہوتے۔ وہ تو ایک لڑکی کے وقار کا معاملہ تھا جو بات اتنی بڑھی کہ اگر دونوں جانب مردوئے ہوتے تو ہم کب کا ان کا قصہ پاک کر چکے ہوتے۔

آغا جی نے کہا مرزا صاحب تمہاری بات سولہ آنے اور مجھے تو حیرت اس بات پر تھی کہ ہمارے گھروں میں اناّ، ماما، کھلائیاں اور دائیاں ان باتوں پر سخت نظر رکھتی ہیں۔ لہٰذا یہ معاملہ اس مرحلے تک کیسے پہنچا تم نے سچ کہا آغا جی میرے والد بڑے مرزا اللہ بہشت خلدہ' کہتے تھے کہ میری دادی کسی کنواری کو چند قدم چلتا دیکھ لیں تو بتا دیتی تھیں کہ واقعتاً کنواری ہے بھی یا نہیں یہ تجربہ اور نگاہ کی باریکی نہیں تو اور کیا ہے۔

آغا جی گویا ہوئے مرزا میں نے لکھنؤ کے جامع مسجد کے امام کا بیان خود سنا۔ فرماتے تھے یہ خدا کا ازلی انصاف ہے کہ کنوارے اور پاک مرد کو ہی ناکتخدا ملتی ہے۔ ایسا ممکن ہے کہ آپ ادھر اُدھر منھ مارتے پھریں اور کسی کنواری کا پہلو آپ کو نصیب ہو۔ واقعی اس کی ذات عادل و جبار بھی ہے۔

مرزا بولے لیکن غفار نے ایک لمحے کو نہ سوچا کہ کلثوم اس کے آقا کے لنگوٹیے کی آبرو ہے کیوں کہ آپ زیر دستوں کو ہم اولاد کی طرح جانتے ہیں۔

آغا جی نے کہا اس نے اس کمینے کو احوال واقعی جاننے کے بعد پوچھا تھا کہ تو نے مرزا کے سامنے مجھے شرمندہ کیوں کیا؟ کمبخت کہنے لگا آپ نے کلثوم کو دیکھا نہیں۔ میں اس کا سچا عاشق تھا۔ میری نیت میں کوئی کھوٹ نہیں تھا لیکن میں اسوقت بھول گیا دو نا محرم کے درمیان تیسرا شیطان کے علاوہ کوئی اور

نہیں ہوتا۔ بُرا ہوا اس تنہائی کا جو ہمیں میسر آ گئی۔ میں اتنا نادم ہوں کہ آپ میری جان لے لیں میں اُف نہیں کرونگا۔ برسوں آپ کا نمک کھایا ہے۔

مرزا صاحب نے کہا اس نے بھی کلثوم کو اپنے سامنے کھڑا کر لیا۔ وہ خوف سے تھر تھر کانپتی جائے۔ میں نے پہلے اس کا خوف دور کیا اور پھر اس سے پوچھا کہ کیا تو نہیں جانتی تھی کہ عورت کی عصمت ہی اس کی میراث ہوتی ہے اور تو غفار کے آگے ڈھیر ہو گئی۔

اس نے اٹک اٹک کر کہا کہ غفار مجھے پسند ضرور تھا لیکن اس حد تک جانے کا میں نے کبھی سوچا نہیں تھا۔ اس دن مجھے وہاں سے بھاگ کھڑا ہونا چاہیے تھا جو میں نہ کر سکی۔ اس بے آبروئی سے بہتر ہے آپ میری جان لے لیں میں گناہگار ہوں، غفار کو بس یہ سوچنا چاہیے تھا کہ اگر وہ واقعی مجھے چاہتا تھا تو میری بے توقیری کیوں کی۔ میں تو بس اس کے ہاتھوں کھلونا بن گئی۔ جب چڑھا ہوا دریا اترا تو ہمیں احساس ہوا کہ ہم نے بہت کچھ کھو دیا۔ اتنا کچھ کہ اب زندگی بھر اس کا مداوا نہیں ہو سکتا۔ غفار نے قسمیں کھائیں کہ وہ مجھے تنہا نہیں چھوڑے گا۔ اب اپنے عمل سے ثابت کرے تو بات ہے۔

میں آپ لوگوں کی گناہگار ہوں کہ اعتماد اور بھروسے کے شیشے کو چکنا چور کر دیا۔ آپ جو چاہیں سزا دیں میں اف نہیں کروں گی۔

آغا جی نے کہا کہ مجھ تک یہ مشورے بھی آئے کہ سارا قصور کلثوم کا ثابت کیا جائے اور غفار کا دفاع کیا جائے۔ میں نے کہا اس سے پہلے میں اسے اپنے ہاتھوں جہنم رسید کر دوں۔ جسے اپنے مالک کی عزت کا پاس نہ ہو۔ اس کے دوست کی آبرو کی قدر نہ ہو۔ اسے ہم کیوں کر برداشت کریں۔ لیکن جب مطالبہ غفار کو حوالہ کرنے کا آیا تو میں سوچ میں پڑ گیا کہ اس طرح میری ساکھ کو نقصان پہنچنے کا اندیشہ تھا۔ میں نے کھلے عام بتایا۔ سزا جو مرزا تجویز کرے لیکن غفار کو سزا ہم خود دینگے اور اس جرم میں برابر کی شریک کلثوم کو بھی سزا ملنی چاہیے۔

مرزا گویا ہوئے انہیں سزا دے کر ہم نیک نام ہو سکتے تھے۔ لیکن انصاف کی بات یہ تھی کہ گناہ سے نفرت کی جائے گناہگار سے نہیں میں نے اس تنازعے کے دور میں اکثر رائے دی کہ ہم فیصلہ آغا جی پر چھوڑتے ہیں۔ مجھے یقین ہے وہ انصاف سے دور نہیں جا سکتے۔

دراصل مرزا ہمارے اس اعتماد نے ہی حاسدوں کی کچھ چلنے نہیں دی اور بالآخر ہم ایک آبرومندانہ فیصلے تک پہنچنے میں کامیاب ہوئے ورنہ یہ سیلاب ہمیں بہالے جاتا۔

آغا جی ایک نکتہ اور غور طلب تھا۔ وہ یہ کہ اگر انہیں سزا نہ دی جاتی تو آئندہ لوگوں کی ہمت افزائی ہوتی لہذا اس تاثر کو بھی ختم کرنا تھا۔ پھر میں نے تمہاری اس صائب رائے کو تسلیم کر لیا کہ غفار اور کلثوم کا نکاح کروا دیا جائے کہ یہ جھوٹا برتن کسی اور تک نہ پہنچے اور سزا یہ ہو کہ انہیں علاقہ چھوڑنا ہوگا۔ عزیز و اقارب کی جدائی برداشت کرنا ہوگی اور تم اپنے سسرال میں یہاں سے دو میل دوران کے ملازمت کا بندوبست کر دیا تا کہ وہاں پاک وصاف زندگی گزار سکیں۔

مرزا تم نے بھی ہر مرحلے پر ہمارا ساتھ دیا اور انتہائی غیظ کے عالم میں بھی تلوار نیام میں رکھی۔ آج وہ وہاں پُرسکون زندگی گزار رہے ہیں جب بھی بیگم میکہ جاتی ہیں تو دونوں ان کی خدمت میں کوئی کسر نہیں چھوڑتے اور ہمارے احسان کو دل سے تسلیم کرتے ہیں۔

سرسوتی

آغا گل

کراچی بہت سی بستیوں بہت سے شہروں پر مشتمل ایک شہر ہے۔ایک ہنگامہ سا ہر طرف جاری وساری رہتا ہے۔ میں نے کراچی میں کسی کو ہنستے مسکراتے قہقہے لگاتے نہیں دیکھا۔ چند ماہ بعد ایک شخص کو مسکراتے دیکھ کر میں نے گاڑی روک لی۔اتر کر ملنا چاہا تو پتہ چلا کہ پاگل ہے۔ فاتر العقل تھا، تبھی ہنستا مسکراتا جا رہا تھا۔ کراچی کا ڈی پریشن مجھے بھی پاگل کیے جا رہا تھا۔ مگر سرکاری ملازمت کے باعث مجھے کراچی میں ہی رہنا تھا۔ کاغذ کے ایک حقیر ٹکڑے نے مجھے گھر سے، بچوں سے، بلوچستان سے دور کر دیا تھا۔اب ویسا ہی ایک ٹکڑا یعنی ٹرانسفر آرڈر مجھے اُن سے ملا سکتا تھا۔ سید اکبر علی جب پولیس میں ڈی ایس پی تھا، عبدالستار بڑیچ کسٹم میں تھا۔ کراچی کا رنگ چڑھا تو نسوار چھوڑ کر پان چبانے لگا تھا۔ اس کا منہ خون خون رہتا۔ ہم اکثر سوچا کرتے کہ چیف آف آرمی سٹاف بھی کسی ریڑھی والے کو حکم نہیں دے سکتا کہ کل سے کوئٹہ کی بجائے درینگڑ میں پیاز بیچا کرو۔ مگر سرکاری افسروں کو لٹو کی طرح گھمائے رکھتے۔ باغ و بہار کے درویشوں کی طرح ہم ہر رات حسن اسکوائر میں جمع ہوتے اور ایک دوسرے کو آپ بیتی سنا سنا کر زخموں کا مداوا کرتے رہتے ایک روز مژرہ جاں فزا ملا کہ مجھے افسانوی مجموعہ گوربچ پر علم گیان اور موسیقی کی دیوی سرسوتی مورتی انعام میں دی جائے گی بہت خوشی ہوئی ترت دوستوں کو اطلاع دی۔ انعام لینے یوں نکلا جیسے کوئی کورٹ میرج کرنے جائے یا دوسری شادی رچانے نکلے۔ خطرہ تھا کہ سرسوتی ایوارڈ کے باعث مجھ پر ہندوستانی جاسوس ہونے کا فتویٰ نہ لگ جائے یا مذہبی انتہا پسند پیٹ سے بم باندھے مجھ سے معانقہ فرماتے تشریف لے آئیں۔ چند بلوچستانی ساتھیوں کی معیت میں موقعہ واردات پر پہنچا۔ احمد ہمیش اور اُن کی بیٹی انجلاء ہمیش نے بھی مبارکباد دی۔ سرسوتی ایوارڈ دراصل پیتل کی مورتی تھی مجھے تو سرسوتی دیوی دیگر دیویوں سی ہی لگی۔ بت تقریباً سوا فٹ کا تھا۔ اس کے ساتھ ایک سرٹیفکیٹ تھا۔ جس میں مجھے بہادر افسانہ نگار قرار دیا گیا تھا۔ اس بہادری کے خطاب سے میں ڈر سا گیا کیونکہ بہادروں کا انجام خوفناک ہوا کرتا ہے۔ چائے اور مشروبات سے ہماری تواضع ہوئی۔ پھر مورتی لئے ہم خوشی خوشی لوٹے۔ دوستوں نے مبارکباد دی کہ تم پہلے افسانہ نگار ہو بلوچستان کے جسے سرسوتی ایوارڈ سے نوازا گیا۔ اس ریسٹ ہاؤس کو ہم دارالیتمیٰ کہا کرتے تھے۔ ہر افسر کے پاس ایک ایک کمرہ تھا جسے وہ آخری آرام گاہ کے طور پر استعمال کرتا۔ یعنی دن بھر کے بعد تھکا ہارا۔ آخر میں اس آرام گاہ کا رُخ کرتے۔ کراچی کے بے ہنگم ٹریفک شور۔ غل غپاڑہ فضاء پر چھائی سپُر ڈسٹ۔ مرطوب سمندری ہوائیں اور ہر جانب جھانکتے انسان۔ انسان ہی انسان۔ انسانوں کی نئی قسم۔ بغیر کریڈٹ کے موبائل جیسے۔ خوشی میں سرشار قیام گاہ پر پہنچ کر سوچ میں پڑ گیا کہ سرسوتی کو کہاں سجاؤں۔ بہترین مقام تو رائیٹنگ ٹیبل تھی کہ جب ذرا گردن اٹھائی دیکھ لی۔ افسانہ نگار کی میز پر علم کی دیوی۔ واہ مگر کفر کا فتوی لگنے کا بھی ڈر تھا۔ میرا تعلق بخال ہندو ویش بخشم سمرقند و بخارا کے خانوادہ سے ہے۔ زنِ ہندی سے محبت بھی پرانی ہے۔ بچپن سیبوی کے مندر میں کھیلتے گزرا جس نے محبت راسخ کر دی۔

''چوں زن ہندی کسے در عاشقی پروانہ نیست
سوختن باشمع مردہ کارِ ہر پروانہ نیست''

لیکن ہمارے ہاں تو مذہبی انتہا پسندی ہے۔ شعر و نغمہ کی دیوی The Lyric Muse رکھ لیتا تو الگ بات تھی۔ یہاں تو بات بے بات سرسید کا دو قومی نظریہ خطرے میں پڑ جاتا ہے۔ بادلِ نخواستہ سرسوتی کو الماری میں جگہ دی کہ پردہ برقرار رہے۔ بلوچستانی ہونے کے ناطے مجھے فرش پر سونے کی عادت ہے۔ رات کو اے سی کے سامنے ڈھیر ہوتا تو تکیہ پہ سر رکھتے ہی سو جایا کرتا۔ وہ روسی اے سی تھا۔ غالباً سائبیریا کی گرمی کیلئے بنایا گیا تھا۔ کراچی میں تو دم توڑنے لگتا۔ کمزور برقی رو کے سبب ریں ریں کر کے چلتا رہتا اتنے میں صبح ہو جاتی۔ مگر اس رات میں کروٹیں بدلتا رہا۔ نیند آنکھوں سے کوسوں دور رہی، تعجب بھی ہوتا کہ یہ کیا ہوا؟ میں تو نپولین کی مانند سفر کے دوران بھی سو جایا کرتا تھا۔ رات آنکھوں میں کاٹی۔ اگلے روز پھر وہی رت جاگا۔ اب یہ سلسلہ سا چل نکلا۔ چوتھی رات میں نے خواب میں دیکھا کہ کچھ پُر اسراری مخلوق الماری کھول کر سرسوتی کی پوجا کر رہی ہے۔ میں دلچسپی سے انہیں دیکھتا چلا گیا۔ معاً احساس ہوا کہ میں انہیں دیکھ رہا ہوں وہ پلٹ پڑے اور مجھ پہ حملہ کر دیا۔ اُن کی انگلیاں مانو فولاد تھیں اور گھونسے خدا کی پناہ۔ جن سے میں چیخ اُٹھا اور مالک کو پکارا۔ معاً مجھے یوں محسوس ہوا کہ مددگار میرے کمرے کے باہر موجود ہیں۔ اُن کی موجودگی سے دل کو دلاسا ہوا، حملہ آور پسپا ہوئے اور فضاء میں غائب ہو گئے۔ سرسوتی کی مورتی سے برقی لہریں سی نکلیں اور میں بڑبڑا کر جاگ اٹھا۔ کافی دیر اپنے آپ کو سنبھالنے میں لگی۔ خواب میں پڑنے والی ضربوں نے جسمانی طور پہ بھی حواس باختہ کر رکھا تھا۔ بارے دن چڑھا۔ اس عمارت میں نچلے گریڈ کے ملازمین کے کوارٹر بھی تھے۔ جن میں ایک ہندو راجو بھی شامل تھا۔ دفتر سے واپسی پہ میں نے راجو سے دریافت کیا کہ آیا وہ ایک مورتی بطور امانت اپنے ہاں رکھ سکتا ہے۔ راجو بخوشی تیار ہو گیا۔ مورتی دیکھ کر کھل اُٹھا نہایت ہی عقیدت سے مورتی اٹھائی اور مجھے ساتھ چلنے کی دعوت دی۔ میں ساتھ ہو لیا اس کے گھر میں ایک کمرہ پوجا پاٹ کیلئے مخصوص تھا۔ میں بھی جوتے اتار کمرے میں داخل ہو گیا۔ کچھ پھول مورتیوں کے گردنوں میں سجے تھے، کچھ پتیاں پیتل کی تھالی میں سامنے رکھی تھیں۔ راجو نے نعرہ لگایا

''دیویں ماں'' اور سرسوتی سجادی۔ راجو دبلا پتلا شخص تھا، ہمیشہ شرٹ پینٹ پہنے رہتا دوڑ دوڑ کر کام کرتا۔ اولاد ان کی تھی نہیں۔ بیوی بھی راجو کی طرح کالی سی تھی۔ وہ خاموش رہا کرتی جبکہ راجو بڑا پھرتیلا تھا خوش گو انسان تھا۔ خندہ پیشانی سے پیش آتا ہم سبھی دوست بلوچستان تبدیلی کیلئے کوششیں کرتے رہتے۔ چند ماہ بعد میری تبدیلی کوئٹہ ہوگئی۔ دوستوں سے رخصت ہوا مورتی بھی سامان کے ساتھ رکھی اور اپنے گھر آ گیا۔ یہاں ہر کام بگڑنے لگا ایک پریشانی اور مالی دشواری گھیرے رہتی۔ بہت ہی تکلیف دہ حالات تھے۔ ایک روز میری رفیقہ حیات نارنگ نے توجہ دلائی کہ یہ سب مورتی کے سبب ہے۔ ان مورتیوں کو محض سجاوٹ کیلئے نہیں رکھا جاتا بلکہ اُن سے وابستہ عقیدت منداُن مورتیوں کی سیوا کرتے تھے۔ یوں بھی ہمارے عقیدے میں مورتی کی گنجائش کہاں۔ میں نے قائل کرنا چاہا کہ یہ تو میرا ادبی انعام ہے۔ مگر نارنگ کا اصرار تھا کہ مورتی واپس کر دی جائے۔ میں نے مورتی ایک ڈبے میں احتیاط سے بند کر کے کراچی لوٹا دی۔ مجھے ڈسٹرک میل آفس سے فون آیا کہ پیکٹ وصول کرنے پہ وہ صاحبان آمادہ نہیں۔ مجھے فون آیا کہ دیا ہوا انعام لوٹانا معیوب ہے۔ ناچار مورتی واپس منگوالی۔ محکمہ ڈاک میں میل بیگ گھسیٹنا یا اچھالنا جرم ہے۔ مگر برٹش پوسٹ کا یہ قانون سر سے گزر جاتا ہے بیگ جانے کیسے پٹخا کہ مورتی کا ایک بازو ٹوٹ گیا۔ میں نے مورتی حاجی انور جیولر کے حوالے کر دی کہ بازو جوڑ دیا جائے کچھ ایسی مہارت سے کہ پتہ ہی نہ چل سکے۔ کسی ماہر سنار نے بازو تو جوڑ دیا مجھے مورتی گھر لے جانے کی ہمت نہ پڑی۔ میرے مشورے پر دکان کے باہر والے شوکیس میں مورتی سجادی گئی۔ میں نے یہ بھی کہہ دیا کہ اگر کوئی غیر ملکی دلچسپی ظاہر کرے تو مورتی فروخت کر دینا۔ کوئٹہ خطرناک شہر شمار ہوتا ہے۔ غیر ملکیوں کو وہاں آنے کی ممانعت ہے۔ مگر کوشش کرنے میں تو کوئی مضائقہ نہیں تھا۔ حاجی کی دکان محرم کے دنوں میں بند ہوا کرتی تھی۔ مگر حاجی بیمار پڑا تو دکان بند رہنے لگی۔ آپریشن کے بعد وہ صحت یاب ہو کر لوٹا تو بازار میں ہڑتالوں کا سلسلہ جاری ہوگیا۔ اکثر دکان بند رکھا کرتا۔ پھر ایک کاروباری رفیق کوئی سوا کروڑ روپے کے قالین چکمہ دے کر کینیڈا لے گیا۔ ہندوستان کی کسی رانی کا ہار حاجی کے ہاتھوں میں آیا۔ اس نے اڑتیس لاکھ قیمت مقرر کی۔ دو گاہک اس کی دکان پر آئے مگر شرط یہ رکھی کہ وہ گھر پہ آ کر سودا کریں گے۔ وہ اس شہر میں نوارد ہیں۔ اپنے ہوٹل میں اتنا قیمتی ہار رکھ نہیں سکتے۔ وہ دونوں گھر پہ آئے تو حاجی نے اُن کی میزبانی بطریق احسن کی۔ انہوں نے وہ ہار اور دو سونے کی رولیکس گھڑیاں خریدیں۔ پھر ایک ڈبہ دیا کہ اُن کی امانت ڈبے میں بند کر دی جائے جسے اگلے روز ادائیگی کے بعد وہ لے جائے گے۔ اگلے روز وہ سرِشام حاجی کے ہاں آئے۔ ہنستے مسکراتے بتلایا کہ روپیہ کل تک اُن کے اکاؤنٹ میں منتقل ہو جائے گا۔ چائے پی گپ شپ کی اور جاتے ہوئے انہوں نے اپنی امانت دیکھنا چاہی۔ ڈبہ لایا گیا انہوں نے گھڑیاں اور ہار دیکھ کر اطمینان کا اظہار کیا۔ پھر ایک ٹیپ ڈبے پہ لپیٹ دی کہ ڈبہ کھولا نہ جائے۔

ٹیپ چپکانے سے ڈبہ بالکل بند ہوگیا۔ اگلے روز گاہک مال لینے نہ آئے البتہ رات گئے فون آیا کہ روپے کی ترسیل میں تاخیر ہو رہی ہے۔ معذرت طلب کرتے ہوئے وعدہ کیا کہ کل شام وہ رقم کی ادائیگی کے بعد ڈبہ لے جائیں گے۔ مگر وہ غائب ہی ہوگئے۔ تنگ آ کر حاجی نے ٹیپ اتاری اور ڈبہ کھولا تو سکتے کے عالم میں رہ گیا کہ ڈبے میں دو تالے پڑے تھے۔ پولیس سے رابطہ قائم کیا۔ ان فرضی گاہکوں کا اتا پتہ بھی معلوم نہ تھا۔ روپیٹ کے چپ ہو رہا۔ مجھے خیال گزرا کہ کہیں یہ آفتیں سرسوتی کے باعث تو نہیں جسے شوکیس میں سجا رکھا ہے۔ یونہی ندامت سی محسوس ہوئی کہ میری وجہ سے آفت نے انور کا گھر دیکھ لیا ہے۔ مورتی دوبارہ پیک کر کے میں نے اپنے ملازم رفیق کے پاس امانتاً رکھوادی۔ وہ میرا پرانا ملازم تھا۔ فلم قلی نمبرون کے ہیرو کی طرح وہ کوئٹہ ریلوے اسٹیشن پر قلی تھا میں نے اسے اردلی بھرتی کیا تو وہ رفتہ رفتہ کام سیکھ گیا۔ رفیق مورتی والا پیکٹ بنا کچھ پوچھے گھر لے گیا۔ میں نے بھی اطمینان کا سانس لیا۔ ایک ڈیڑھ ماہ بعد رفیق چھٹیاں کرنے لگا، پریشان سا رہتا۔ استفسار پہ بولا کہ اسکی بیوی بیمار رہنے لگی سر درد کی شکایت کرتی رہی پھر ماتھے پہ زخم سا ابھر آیا جو رستا رہتا ہے۔ ڈاکٹر برین ٹیومر کا خدشہ ظاہر کر رہے ہیں۔ میرا ماتھا ٹھنکا۔ دریافت کرنے پہ علم ہوا کہ تقریباً اتنا ہی عرصہ بنتا ہے جب مورتی اس کے ہاں رکھوائی گئی تھی۔ میں نے ہمدردی کا اظہار کیا۔ ایک ڈاکٹر دوست سے بات بھی کی اور ادویات کیلئے رقم بھی دی۔ پھر موضوع بدل کے میں نے تاکید کی کہ کل میری امانت لوٹا دے یعنی ڈبہ ساتھ لیتا آئے۔

اگلے ہی روز رفیق ڈبہ میرے پاس لے آیا۔ ''اس میں ہے کیا؟'' رفیق نے تجسس ظاہر کیا۔ پھر وہ میری خاموشی کے باعث خود ہی بول اٹھا ''میرے گھر پہ بھاری تھا اس کے آتے ہی سب کچھ الٹ پلٹ ہوگیا۔'' میں نے رفیق کو ڈانٹ پلائی ''زیادہ وہم نہ کیا کرو۔ ایک بند ڈبہ کیا کر سکتا ہے۔''

وہ مورتی بار بار اپنی محبت میرے دل میں پیدا کر رہی تھی۔ یا شاید میں اس پہ توجہ زیادہ مبذول کر رہا تھا۔ ورنہ تو کسی صحرا میں چھوڑ آتا۔ مجھے خیال آتا کہ میں افسانہ نگار ہوں، اسی بنیاد پہ مجھے سرسوتی کا انعام بھی ملا۔ یہ مورتی تو رائیٹنگ ٹیبل پر ہونی چاہیے۔ تاکہ گیان کی دیوی دیکھ کر تخلیقی عمل تیز ہو۔ ہندو دوستوں کی زبانی یہ بھی معلوم ہوا کہ جہاں علم کی دیوی سرسوتی موجود ہو وہاں دولت کی دیوی لکشمی نہیں آتی۔ یہی صورتحال دوسری جانب بھی ہے جہاں لکشمی موجود ہو سرسوتی وہاں نہیں جاتی۔ انہوں نے متنبہ کیا کہ سرسوتی کے باعث فقر کا اندیشہ رہتا ہے۔ کیونکہ فقر درویشوں اور جوگیوں کا خاصہ ہے صاحبانِ دانش کی میراث ہے مجھے یہ بھی حیرت تھی کہ اینٹیک کی دکانوں میں مورتیاں ہوا کرتی ہیں۔ بامیان میں گوتم بدھ کا ڈھائی سو فٹ بلند بت ہے۔ وہ تو کچھ نہیں کرتے یہ مورتی تو کچھ کچھ زندہ سی لگتی ہے۔ شائد میرا وہم ہی رہا ہو۔

میں نے ٹپ ٹاپ بوتیک کے اسٹور روم میں بند ڈبہ رکھوا دیا۔ ادھر

رفیق کی بیوی تندرست ہونے لگی۔ ماتھے کا رستا زخم خشک ہو گیا۔ برین ٹیومر کا خدشہ بھی غلط ہی نکلا۔ ایک ماہ بعد منیجر نے ہاتھ جوڑ دیئے ''خدارا اپنا ڈبہ لے جایئے میرا کاروبار تباہ ہو گیا ہے۔ اوّل تو خواتین قدم ہی نہیں رکھتیں۔ کوئی چلی بھی آئیں تو بنا خریداری لوٹ جاتی ہیں اس میں ہے کیا؟ کوئی تعویذ جادو تو نہیں ہے؟'' میں نے ڈبہ منگوا کے کھولا۔ مورتی دکھائی۔ منیجر نے سر پیٹ لیا ''یہ علم کی دیوی ہے غربت ساتھ میں لاتی ہے۔ اسے لے جایئے''۔ وہ کاروباری ذہن کا انسان تھا۔ مجھے چائے پیش کی اور متفکرانہ انداز میں بولا ''ایک ہندو فیملی میری کسٹمر ہے انہیں تحفۃً کیوں نہ دے ڈالوں؟ ہم کہتے ہیں کہ CUSTOMER IS THE KING گاہک کو خوش رکھنا چاہیے''۔ میری رضامندی پا کر وہ بہت خوش ہوا۔ دھڑ سے فون کر ڈالا۔ دوسری جانب کوئی خاتون تھی۔ منیجر نے حال احوال دریافت کیا اور پھر بتلایا کہ وہ ایک نادر اور تاریخی مورتی تحفۃً پیش کرنا چاہتا ہے۔ خاتون نے خوشی کا اظہار کیا پیشگی شکریہ بھی ادا کیا۔ یہ عندیہ بھی دیا کہ کل وہ مورتی لے جائے گی۔ مجھے بھی اطمینان ہوا۔ میں بھی خوشی خوشی لوٹ آیا۔

اگلی شام منیجر کا فون آیا اور گلوگیر لہجے میں یہ بپتا سنائی کہ جب وہ ہندو گھرانا بوتیک پہ آیا تو مسرور تھا۔ مگر مورتی دیکھتے ہی ان کی دادی نے مورتی قبول کرنے سے انکار کر دیا۔ وہ بولی یہ تو ٹھاکروں کی دیوی ہے۔ اسکی تو بڑی سیوا کرنی پڑتی ہے۔ یہ ہمارے بس کی بات نہیں۔ یوں لگتا تھا کہ منیجر کا دم ہی نکل جائے گا۔ کسی نامعلوم خوف سے متوحش ہو رہا تھا۔ میں گاڑی دوڑاتا اس کے پاس پہنچا۔ اسے تسلی دی اور مشورہ دیا کہ مورتی والا ڈبہ وہ خالی ڈبوں میں رکھ دے۔ ہر روز افغان مہاجر بچے تھیلے اٹھا کر اس کے بوتیک پہ آیا کرتے۔ کپڑوں کی کترن اور خالی ڈبے اٹھا کر لے جایا کرتے۔ منیجر کو قدرے افاقہ ہوا۔

اگلے روز دریافت کرنے پہ منیجر نے بتلایا کہ جونہی بچے نے ڈبہ اٹھایا جو خالی ڈبوں میں پڑا تھا تو بچے کو کرنٹ سا لگا۔ وہ سمجھا کہ غلطی سے سامان کا بھرا ڈبہ مل گیا ہے۔ اس نے تھیلے میں ڈبے ڈالے اور چمپت ہو گیا۔ ہم دونوں خوش ہوئے کہ مورتی کم از کم ہماری زندگی سے تو گئی۔

پھر میں مورتی کو یکسر بھول گیا۔ چند ہفتے گذر گئے ایک بار سیرینا ہوٹل کی کسی تقریب میں کھانا کھا کے لوٹا تو یونہی بلا ارادہ قالینوں اور اینٹیک کی دکانوں کی جانب قدم بڑھے۔ اینٹیک کی دکان تبسم کی تھی، جو میرا جاننے والا تھا۔ علیک سلیک ہوئی ایک نظر شوکیس اور ریک پہ سجے سامان پہ ڈالی تو میں ٹھٹھک کے رہ گیا۔ سامنے سرسوتی کی مورتی پڑی تھی۔ اس مورتی کے بارے میں سوال کیا تو تبسم نے بتلایا کہ جانے کیوں یہ بک نہیں رہی ہے۔ اس نے کہا اگر تم خریدنا چاہو تو کم قیمت پہ دے ڈالوں گا۔ میں نے تبسم کو متنبہ کیا کہ یہ مورتی دراصل میری تھی۔ میں نے ہی اسے کہیں رکھوا دیا تھا۔ تبسم ایسی باتیں ماننے کیلئے تیار نہ تھا۔ وہ مسکرایا ''میرا تو یہ کاروبار ہے۔ انسان دس ہزار برس سے مورتیوں کی پرستش کرتا چلا آیا ہے۔ اُن سے ڈرتا بھی ہے۔ ان سے مدد بھی مانگتا ہے۔ جیسے زرخیزی کی دیوی ZHOB MOTHER جس کی بلوچستان میں عبادت پانچ ہزار برس قبل بھی ہو رہی تھی۔ تمہارے خیال میں یہ مورتی زندہ ہے کیا۔ تبسم مسکرایا۔ اپنے کاروبار کیلئے وہ وسیع معلومات رکھتا تھا۔ چہرے پہ ہمہ وقت مسکراہٹ طاری رکھتا۔'' ہاں تبسم! یا تو یہ مورتی زندہ ہے یا میں ہی اس مورتی سے OBSESSED ہو گیا ہوں۔ تم اسے خود سے الگ کر دو''، تبسم نے سنی ان سنی کر دی۔ مورتی کی محبت میرے دل میں اُبھر آئی جی چاہا کے ساتھ لے چلوں۔ مگر گھبرا کر باہر نکل آیا۔

افسروں کے سر پہ ٹرانسفر کی تلوار لٹکتی رہتی ہے۔ پروموشن کے ساتھ ہی اسلام آباد جانا پڑا۔ اسلام آباد کوئی شہر نہیں بلکہ ایک بہت بڑا دفتر ہے۔ پاکستان سے بائیس کلومیٹر دور ہے۔ شہروں کا کوفہ ہے۔ قبرستان کے قریب سے بھی گزریں تو آوازیں آتی ہیں میری فائل کا کیا بنا۔ اس شہر کی منفرد سائیکی ہے۔ دل اوب سا گیا تو چھٹی پہ ایک ماہ بعد ہی گھر آ گیا۔ دوستوں کو میری جلاوطنی شاق گزری۔ دوست احباب کھانے پر بلانے لگے۔ رات گئے تک محفل جمی رہتی۔ ایک ایسی ہی دعوت میں جنوں پریوں کی باتیں ہونے لگیں۔ مم جا تو اور پر کتو کے قصے بیان کیے جانے لگے تو معاً مجھے سرسوتی کا خیال آیا۔ میں نے بے ساختہ تبسم کے بارے میں سوال کیا کہ کیسا ہے؟ اس کے کاروبار کا کیا حال ہے۔ اہلِ محفل کو سانپ سونگھ گیا۔

ایک تکلیف دہ جان لیوا سکوت کے بعد نیاز و نے الٹا مجھ سے ہی سوال کیا ''تمہیں نہیں پتہ تبسم کے ساتھ کیا ہوا''۔

میں گھبرا سا گیا'' کیا ہوا۔۔۔ خیریت سے تو ہے''

سبھی کے چہرے اترے ہوئے تھے'' بس کیا بتائیں پوری فیملی کراچی رہی تھی تبسم کچھ مال فروخت کرنے جا رہا تھا کہ وڈھ کے پاس سامنے سے آنے والا ٹرک بے قابو ہو کے تبسم کی کار سے آ ٹکرایا۔ پورا خاندان ہی ختم ہو گیا! افسوس! معصوم سے بچے!!!

میں نے ہمت کر کے پوچھا'' اس کے پاس کوئی مورتی وغیرہ تو نہیں تھی۔'' نیاز کو میرے سوال پہ حیرت ہوئی۔ اس نے غور سے مجھے دیکھا'' مورتی! مورتیوں کا ہی تو کام کرتا تھا۔ گاڑی چٹانوں سے گری تو مورتیاں بھی باہر جا گریں۔ جنہیں کسی نے اٹھانا پسند نہ کیا''۔

فوجی

عظمیٰ صدیقی

کئی ہفتوں سے یہ فوجی اس جنگل میں موجود تھے۔ ہائی کمان کے نئے آرڈرز کا انتظار تھا۔ چند روز سے جنگ بند تھی۔ دونوں جانب سے پیش قدمی رکی ہوئی تھی پھر بھی فوجی اپنے اپنے خیموں میں چوکنا تھا۔ کسی وقت بھی آرڈر آ سکتا تھا۔ کوئی نئی حکمت عملی متعین ہو سکتی تھی۔ ان فوجی جوانوں کو دیکھ کر لگتا جیسے کہساروں میں دیوار کے پیڑ ایستادہ اور منتظر کھڑے ہیں۔ ایسے حوصلہ مند اور مضبوط جیسے شیشم کے درخت۔ زندگی اُن کے لئے بستر سنجاب وسموط نہ تھی بلکہ سخت گیر اور کلفت زدہ تھی۔ جنگ کے میدانوں میں زندگی کے خوابوں کا کوئی رومان نہیں ہوتا ہے۔ چٹانوں، پہاڑی راستوں اور جنگلوں میں خاک اور خون میں لتھڑی زندگی۔۔۔ بارود کی بو میں سانس لیتی زندگی۔۔۔ کوہساروں اور ریگزاروں میں شب خون مارتی زندگی۔۔۔ دف و دہل کی صدائے دلدوز پر وحشتوں کا رقص کرتی زندگی۔۔۔ پھر بھی ان فوجیوں کے دلوں میں ایک شمعِ ایقان روشن رہتی ہے۔ سینوں پر کاسئہ سر لٹک جانے کے بعد بھی اُن کی نگاہوں میں جانفروشی کا غرور اور بانکپن قائم رہتا ہے۔

انسانی تاریخ کے ہنگاموں میں جنگ ایک المناک حقیقت ہے۔ یہ المناک حقیقت ایک فوجی کے کتبے پر مختصر لکھ دی جاتی ہے۔ کتبہ پر نقش تاریخ ایشیائی ہو یا افرنگی کیا فرق پڑتا ہے۔ مناظر ایک جیسے ہیں۔ انسانی المیہ ایک جیسا ہے۔ کرۂ ارض کے ایک کنارے سے دوسرے کنارے تک۔۔۔ میرے وطن سے تیرے وطن تک یہ المیہ پھیلتا جا رہا ہے۔

وہ بھی ان فوجیوں میں سے ایک فوجی تھا۔ وہ ایک ایسا سپاہی تھا جسے سرسبز زمینوں، رخشندہ شہروں اور شاداب پھولوں سے محبت تھی۔ جسے فوجی سراؤں میں رہتے ہوئے بھی امن و عافیت کی طلب تھی۔ فوجی بیرکوں کی بے لذّت شاموں میں۔۔۔ بھاری فوجی بوٹوں کی آوازوں میں وہ زندگی کی نرمیوں کو تلاش کرتا تھا۔۔۔ لاشوں کے درمیان چلتے چلتے، شعلے اگلتی بندوقوں کے آس پاس منڈلاتی موت کو دیکھ کر وہ البرز کی چوٹیوں پر بکھرنے والی شعاؤں کے نور کو یاد کرتا کبھی کبھی اُس کا ذہن یوں بھی سوچتا کہ ہم فوجی سیاست وطاقت کی بساط پر بچھائے ہوئے مہرے ہیں۔ وقت کے شاطروں اور بادشاہوں کے غلام۔ ہم جو کبھی درخشندہ شہروں کی فصیلوں پر نگہبان بنا کر بٹھائے جاتے ہیں تو کبھی رہزنوں کی طرح قافلے لوٹنے کی مہم پر بھیج دیئے جاتے ہیں۔ ہمیں سیاسی جلاّد اور صیاد تازہ خون کے پیاسے بھی بنا ڈالتے ہیں اور یوں ہم ننگے بدنوں پر جابروں کے تازیانے بھی بن کے رہ جاتے ہیں۔ اور کبھی کبھی اُسے بھی اپنے پیچھے جابروں اور نقیبوں کے قدموں کی چاپ سنائی دیتی۔ اور وہ سوچتا کیا وہ بھی جابر شہنشاہوں کے خونی خوابوں کی تعبیر کی مہم پر ہے۔ تھا تو وہ ایک فوجی مگر اُس کا دل ریشم کی طرح ملائم اور طفلِ کمسن کی طرح معصوم تھا۔ اُسے جنگ آگ کی پیدائش اور افزائش کا اعلان نظر آتی اور آگ کے اس الاؤ کے گرد بھیڑیوں کے غول جمع ہوتے دکھائی دیتے۔ وہ اپنے ہولناک خیالات اور کرب انگیز احساس سے دامن چھڑانا چاہتا تب بچوں کی محبت۔ گھر کی راحت اور اوّلین عشق اُس کو یاد آنے لگتے۔ وہ اپنی جیب سے اپنی بیوی اور بچوں کی تصویر نکالتا جن کی مسکراتی آنکھوں اور گلاب جیسے چہروں پر پیار، امن اور آشتی کے سکھ کے خواب صاف پڑھے جا سکتے تھے اُس کو محسوس ہوتا اُن کی پھیلی ہوئی باہیں اُسے بلا رہی ہیں، باغوں کی تتلیاں، پھولوں کی تازگی، ہوا میں رقص کرتے پنچھی، معصوم بچوں کی ہنسی، جینے کی خواہش کے نشے سے چور نوعمر جواں سال جوڑے۔ اس زمیں پر چاند جیسے بچے جنہیں تازگی کی، محبت کی امن کی ضرورت ہے۔

وہ رات بہت تاریک تھی۔ ہر طرف گہری اور اتھاہ تاریکی چھائی ہوئی تھی۔ جب اچانک الرٹ سائرن بجا۔۔۔ تمام فوجیوں کو اپنی اپنی پوزیشنیں سنبھالنے کے احکامات مل چکے تھے۔ اُن کے جسم ہیولوں کی طرح تاریکی سے رینگتے رینگتے آگے بڑھ رہے تھے۔ ہوا تیز اور سرد تھی جس کی چاپ سے بدن کے خون پر ضربیں پڑتی محسوس ہو رہی تھیں۔ فوجیوں کے رینگتے سایوں میں جنگل کی رات سہم کر ہواؤں سے لپٹ رہی تھی اور آنے والے لمحوں کی دُزدیدہ آہٹیں اس سناٹے میں محسوس ہو رہی تھیں کہ اچانک دوسری جانب سے گولیوں کی آوازوں سے پورا جنگل گونج اٹھا۔ بارود کی بو آس پاس پھیلی ہوئی تھی۔ جلتے ہوئے شعلوں اور دھوئیں کے غبار کو چیرتی ہوئی انسانی چیخیں اور کراہیں۔۔۔ جو کچھ دیر تک سنائی دیتی رہیں اور پھر یہ شور ایک جان لیوا سناٹے میں دب گیا۔ فوجی نے اپنے ساتھی کی لاش کو اپنے جسم کے اوپر سے دھکیلتے ہوئے سیدھا کیا اور اُس کی کھلی آنکھوں کو بند کرتے ہوئے اُس کی خون میں لت پت لاش پر اپنا کوٹ ڈال کر وہ اُس سمت کو بڑھا جہاں سے حملہ ہوا تھا۔ وہ کہنیوں کے بل رینگتے ہوئے آگے بڑھ رہا تھا اور اُس کا رونگٹا رونگٹا آس پاس کے خطرے کو سونگھتا ہوا مستعد اور چوکنا تھا۔ جبھی قریب کی جھاڑیوں میں سرسراہٹ سنائی دی۔ وہ سرعت کے ساتھ چھلانگ لگا کر دوسری سمت پہنچ چکا تھا جہاں سے آواز آ رہی تھی۔ اُس سے پہلے کہ وہ اپنی گولیوں سے دشمن کا جسم چھلنی کر دیتا اُس نے دیکھا کہ وہ بیس بائیس سال کا ایک نوجوان تھا جس کی ٹانگ سے خون ابل رہا تھا اور زندگی کی التجا اُس کی آنکھوں سے اُس کے کانپتے ہونٹوں تک پہنچ چکی تھی۔ وہ گڑگڑا رہا تھا۔ اُس سے زندگی کی بھیک مانگ رہا تھا۔ فوجی فوج نہ رہا۔ فوجی کی وردی کے پیچھے ایک انسان کا دل زور سے دھڑکا۔ اُس نے دیکھا کہ اُس کے دشمن کی جگہ ایک بیس سالہ نوجوان کھڑا

ہے جس کی آنکھوں میں جینے کی گہری خواہش ہے۔ ویسی ہی خواہش جیسے وہ معصوم بچوں کی ہنسی میں محسوس کرتا ہے۔ کھلتے ہوئے شگوفوں کی خوشبو میں اور اڑتے ہوئے پنچھیوں میں دیکھتا ہے۔ رات کی گہری تاریکی اور گہری ہو چکی تھی۔ ہوا ٹھہری ہوئی تھی اور جنگل کے درخت چپ چاپ دم سادھے یہ منظر دیکھ رہے تھے تب فوجی نے اپنی بندوق اپنے نشانے سے ہٹالی اور پلٹ کے اندھیروں میں گم ہونے والا ہی تھا کہ زناٹے سے ایک گولی اُس کے دل کو چیرتی ہوئی سینے سے نکل گئی۔ اُس کا جسم خاک پر آ پڑا۔ تب اُس کی کھلی آنکھوں سے نکلتی ہوئی زندگی نے دیکھا کہ وہ نوجوان اپنے ہاتھوں میں بندوق سنبھالے ہوئے اسے حقارت ونفرت سے دیکھتا ہوا لڑکھڑاتے ہوئے اندھیروں میں غائب ہو گیا۔ دور پہاڑوں کی چوٹیوں پر بکھری ہوئی شعاؤں کا نور قریب آ رہا تھا۔ باغوں کی تتلیوں، رقص کرتے پنچھیوں تازہ پھولوں کی مست خوشبوؤں نے اسے اپنے گھیرے میں لے لیا۔

''تاریخ کی امانت''

گلزار جاوید

''شکر ہے خدا کا! آپ نے بچالیا۔ وگرنہ اس پتھر سے پیر پھسلنے کے بعد میں' کھائی کے کس کونے میں پڑی کراہ رہی ہوتی۔'' بیگم جہاں آرا ودود نے بیری کے جنگلی پودے کی ٹہنی میں پھنسی ریشمی ساڑھی کے پلّو کو ایک ہاتھ سے چھڑانے کی ناکام کوشش کی اور دوسرے ہاتھ سے اپنے شوہر عبدالوُدود صاحب کا ہاتھ مضبوطی سے تھامے رکھا۔

''بیگم! کانونیٹ اور دیگر مشنری سکولوں میں پڑھنے کا ایک نقصان یہ ہے کہ انسان اپنی زبان اور روزمرہ کے محاوروں سے قطعی اجنبی ہو جاتا ہے۔ بھئی! میں کون ہوتا ہوں آپ کو بچانے والا؟ میں نے تو صرف آپ کو تھاما ہے بچانے والی ذات' وہ اوپر ہے (آسمان کی طرف اشارہ کرتے ہوئے) جب چاہے' جس کو چاہے اور جیسے چاہے بچالے اور جب چاہے جیسے مار دے۔ جس طرح اُس نے آپ کو میرے ہاتھوں بچایا ہے چاہتا تو انہی ہاتھوں کے ذریعے آپ کی جان بھی لے سکتا تھا۔''

''اللہ! وُدود آپ کس قسم کی باتیں کر رہے ہیں۔ آپ تو مجھ سے اتنی شدید محبت کرتے ہیں میری ذرا سی تکلیف پر بے چین ہو جاتے ہیں ویسے! ایک بیوی کی اس سے بڑی اور کیا خوش قسمتی ہو سکتی ہے کہ وہ اپنے شوہر کی بانہوں میں جان دے۔

''جہاں آراء! اس وقت آپ بالکل فلمی ہیروئنوں کی مانند گفتگو کر رہی ہیں۔ میرا بھی دل چاہتا ہے کہ میں آج آپ پر ایک انکشاف کروں؟''

''وُدود..............! (حیرت سے منہ پھاڑتے ہوئے) پینتیس سالہ رفاقت کے باوجود آپ نے ہم سے کچھ چھپایا ہوا ہے؟''

''ہاں' ہاں بھئی' ابھی بہت سے راز ہائے سر بستہ آپ پر منکشف ہونا باقی ہیں اگر آپ میری بات سن کر سنجیدہ رہنے کا وعدہ کریں تب!''

''چلیئے اب ٹی وی کے ڈراموں کی طرح سسپنس پیدا نہ کیجیے' ہم واقعی سنجیدہ ہیں۔''

''جہاں آرا! آپ کو علم ہے کہ سی ایس ایس کا امتحان دینے سے پہلے ہم پر فلمی ہیرو بننے کا بھوت سوار تھا اور ہم اکثر فلم سٹوڈیو کے چکر بھی کاٹا کرتے تھے۔ یقین کیجیے جس وقت آپ کا اس پتھر سے پیر پھسلا اور آپ کی چیخ پر جس بے ساختگی سے ہم نے آپ کو تھاما اُس وقت ہمیں فوری طور پر جوانی کے ایام یاد آ گئے۔ بس ایک کمی عشقیہ فلمی گیت کی رہ گئی تھی (ٹھنڈی آہ بھرتے ہوئے) اس بُڑھاپے میں یہ کتنا عجیب لگتا؟''

''رہنے بھی دیجیے! (وُدود صاحب کی طرف معنی خیز نظروں سے دیکھتے ہوئے) آپ اتنے بھی بوڑھے نہیں۔ آپ تو اب بھی سو فیصد ہیرو ہیں مگر ہالی وڈ کے' تریسٹھ برس کی عمر میں اس قدر مایوسی' ہمیں اچھی نہیں لگتی۔

''بسم اللہ .... بسم اللہ .... میرے صاحب آئے ہیں (محمد بوٹا' تیز دھوپ اور چیکٹ لباس میں دور سے بھاگتا ہوا آیا تو وہ کسی پسماندہ افریقی قبیلے کا فرد لگ رہا تھا۔ پھولی ہوئی سانس کو درست کیے بغیر اس نے جھک کر دونوں ہاتھوں سے وُدود صاحب کے پیروں کو چھونا چاہا) مالک چم چم کرتی لمبی گڈی کو دیکھتے ہی میں فوراً سمجھ گیا تھا' ہونہ ہو! بڑے سرکار آئے ہیں۔''

وُدود صاحب کو پیر چھونے کی فرسودہ رسم پر بڑا غصہ آیا۔ برہمی سے پیچھے ہٹتے ہوئے بولے۔

''دیکھو بھئی بوٹا! تم اچھی طرح جانتے ہو' میں اس قسم کی باتیں بالکل پسند نہیں کرتا۔ میرے نزدیک سب انسان برابر ہیں۔ لہٰذا تم جلدی سے سیدھے کھڑے ہو جاؤ اور اپنے گھر بار کی خیر خیریت سناؤ۔''

''سرکار! آپ ہمارے مالک ہیں' سر کے سائیں ہیں' اَن داتا ہیں آپ کے پیر چھونا ہمارا فرض ہے (محمد بُوٹا نے دونوں ہاتھ جوڑتے ہوئے اپنی بات جاری رکھی) پھر سرکار! ہمیں اس میں سواد بھی بڑا آتا ہے۔''

''چھوڑو یار! (عبدالودود صاحب نے بے تکلفی سے بُوٹا کے کندھے پر ہاتھ رکھتے ہو) کس فرسودہ زمانے کی بات کرتے ہو۔ یہ بتاؤ! تم کیسے نظر آ رہے ہو یہاں' تمہارا بابا دکھائی نہیں دے رہا؟''

''صاحب جی! وہ .... بابا تو پچھلی گرمیوں میں فصل پکنے سے پہلے ہی اللہ کو پیارا ہو گیا تھا۔ اُس کے بعد سے میں ہی بابا کی جگہ ہوں۔''

''تم کام وام کیا کرتے ہو (بیگم جہاں آرا وُدود نے خوبصورت چشمے کے باہر دیکھتے ہوئے بات جاری رکھی) میرا مطلب ہے نوکری وغیرہ؟''

''مائی باپ! ہم کمی کمین لوگ ہیں' کئی نسلوں سے آپ کے خادم ہیں' ہماری نوکری اور ہمارا کام آپ لوگوں کی خدمت کرنا ہے۔''

''بھئی! گزراوقات کے لئے انسان کو کچھ تو ....''

''جہاں آرا بیگم .... جہاں آرا بیگم! یہ شہر نہیں گاؤں ہے۔ (عبدالودود صاحب نے لہجے میں نرماہٹ اور حلاوت شامل کرتے ہوئے) یہاں کے قاعدے قوانین اتنی جلد آپ کی سمجھ میں نہیں آئیں گے؟ آپ کو تو ٹھیک سے یاد نہیں کہ آپ ہماری پینتیس سالہ رفاقت میں کل کتنی بار گاؤں آئیں؟ ہاں تو بھئی بوٹا کیا خیال ہے چلا نہ جائے''

''سرکار! آپ حویلی نہیں گئے؟ چوہدری صاحب سے نہیں ملے؟''

''گئے تھے بھئی گئے تھے۔ چوہان صاحب کسی کام کے سلسلے میں شہر

گئے ہوئے ہیں۔ اُن کے بچوں نے لسی پانی کے لئے بہت زور مارا تھا مگر ہم سیدھے تمہاری طرف چلے آئے اگر چوہدری کی طرف رک جاتے تو وہاں سے اٹھنا محال تھا۔''

''دھوپ کی شدت کے باعث گرمی کافی زیادہ ہوگئی ہے۔ جلدی سے لاک کھولیں۔'' (بیگم جہاں آرا ودود نے بیش قیمت گاڑی کا دروازہ کھولنے کی کوشش کرتے ہوئے کہا)''

''بیگم صاحبہ! اب آپ ذرا پچھلی سیٹ پر استراحت فرمایئے' فرنٹ سیٹ پر میرے ساتھ بوٹا بیٹھے گا جس سے میں نے بہت سی باتیں کرنی ہیں۔ (وُدود صاحب نے گاڑی کے اگلے اور پچھلے دروازے کھولتے ہوئے محمد بوٹا کو فرنٹ سیٹ پر بیٹھنے کا اشارہ کیا)''

''ہیں صاحب جی! (حیرانی سے) آپ کے ساتھ میں بیٹھوں؟''

''ہاں جی بوٹا جی! آ جایئے میں آپ کے ساتھ بیٹھ جاتا ہوں''

''صاحب جی! مجھے تو بڑی شرم محسوس ہو رہی ہے' لوگ کیا کہیں گے مالکوں کی برابری پر اتر آیا ہے۔''

''دیکھو بھئی بوٹا! یہ آج کی بات تو ہے نہیں' تم مجھے بچپن سے جانتے ہو اور جب بھی ملتے ہو اسی طرح کی باتیں کرتے ہو نہ پہلے تمہاری باتوں کا کوئی اثر ہوا ہے اور نہ اب ہونے والا ہے.....سناؤ تمہارے کتنے بچے ہیں اور گھر بار کہاں ہے؟''

''سرکار! بچے تو پانچ تھے (ٹھنڈی سانس لیتے ہوئے) اب چار رہ گئے ہیں۔ بابا اپنے ہاتھوں سے بڑی بیٹی کا ویاہ جانو دھوبی کے پتر کالو سے کر گیا تھا۔ دو ماہ پہلے بچے کی تکلیف میں بیٹی تو اللہ کو پیاری ہوگئی پر اپنی پھول سی نشانی چھوڑ گئی ہے۔ صاحب جی! آپ ایک مہربانی کریں کسی طرح جانو دھوبی سے کہہ کر میری دھی کی نشانی مجھے دلا دیں۔ اسی طرح بیٹی کا دُکھ کچھ کم ہو جائے گا۔''

''کچھ کیجئے نا! بیچارہ کتنا دُکھی ہے (بیگم جہاں آرا ودود نے ودود صاحب کو مخاطب کر کے کہا)''

''اچھا دیکھتے ہیں.....تم اپنے بچوں کی بابت کچھ بتا رہے تھے۔''

''جی صاحب جی! اُس کے بعد دو بیٹے ہیں جی' دونوں چنگے سیانے ہیں جی' جان جُثے کے ذرا کمزور ہیں میری طرح مگر کام دھندے کے بڑے شیر ہیں جی' بڑا تو جی چوہدری صاحب کے ڈیرے پر کام کرتا ہے اور چھوٹے کو میں نے جھورے ترکھان کی دُکان پہ ڈال دیا ہے۔ دیتا دلاتا تو جھورا کچھ نہیں ہے پر ہُنر تو سکھا رہا ہے جی' اب تو رندا بھی مار لیتا ہے میرا بیٹا صاحب جی' پر ابھی جھورے کے ہاتھ والی صفائی نہیں آئی اُس کے ہاتھ میں۔''

''اور بقیہ دو بچے؟''

''ہاں جی بچی ہے سات ایک ورے کی' آخری بچہ چھوٹا ہے ابھی ماں کا دودھ پیتا ہے۔''

''گھر بار کے بارے میں بتا رہے تھے تم کچھ؟''

''میں صاحب جی! بابا والے پُرانے مکان میں رہتا ہوں جی۔''

''oh my God' وہی جہاں ہم بچپن میں بیریاں توڑا کرتے تھے؟.....اور جہاں ابھی بیگم صاحبہ کی ساڑھی پھنس گئی تھی۔''

''ہاں جی' ہاں جی..........''

''یار وہ مکان تو بہت بوسیدہ ہے اور وہاں تو گندگی بھی بہت ہے۔ رات بے رات جنگلی جانوروں کا خطرہ بھی رہتا ہوگا؟''

''یہ تو ہے صاحب جی.....کیا کریں کوئی ٹھیا ٹھکانہ بھی تو نہیں' پھر ہمارا کام ہی ایسا ہے۔ چووی گھنٹے موجود رہنا پڑتا ہے۔ خدا معلوم کب کیا ہو جائے۔''

''لو بھئی محمد بُوٹا! تمہارا گاؤں آ گیا..........میرا مطلب ہے ہمارا گاؤں آ گیا'' (پہلے بیگم صاحبہ اور پھر محمد بُوٹا کی سائیڈ کا دروازہ کھولتے ہوئے وُدود صاحب نے کہا)

''سرکار یہ تو چوپال والی تھاں آ گئے آپ' آپ تو مالک ہیں' سرکار ہیں۔ آپ کی اپنی حویلی ہے بیگم صاحبہ کو وہاں لے چلئے۔ انہیں آرام کی ضرورت ہوگی.....لمبا سفر کٹ کے آئے ہیں جناب۔''

''ہماری فکر چھوڑ دو بُوٹا' ہم تمہارے صاحب کے ساتھ ہیں' جس طرح صاحب کہتے ہیں اسی طرح کرو۔''

''جو سرکار کا حکم! (اتنا کہہ کر محمد بوٹا چوپال پر پڑی بہت سی چار پائیوں میں سے ایک اٹھا لایا اور اسے درخت کے نیچے ڈال کر) سرکار! آپ یہاں تشریف رکھیں میں لسی پانی کا بندوبست کرتا ہوں۔''

نہیں بوٹا! اس کی ضرورت نہیں (گاڑی سے تھرماس نکالتے ہوئے) سب کچھ ہے ہمارے پاس' تم ایسا کرو کہ پہلے چوہان صاحب پھر چوہدری صاحب اور پھر پٹواری صاحب کا باری باری پتا کرو تا کہ ان سے ملاقات کی جا سکے۔''

''فکر ای نہ کریں سرکار! میں ہن ای گیا تے ہن ای آیا۔''

☆

''خوش آمدید ....خوش آمدید .... جی آیاں نوں..........ست بسم اللہ.....میرے شہزادے آئے ہیں..........ہو ہو' ہو ہو' ہو ہو..... بھابھی جان صاحبہ بھی تشریف لائے ہیں.....سلام عرض کرتا ہوں بھابی صاحبہ (چوہدری حکم داد نے نہایت گرم جوشی سے عبدالودود صاحب کو گلے لگانے کے دوران بیگم جہاں آرا ودود کی جانب متوجہ ہوتے ہوئے احترام سے ہاتھ اٹھایا)

''کیا حال ہے چوہدری صاحب..........گھر بار' بال بچوں' کھیتی باڑی اور مال مویشی کیسے ہیں آپ کے؟''

''یہ کیا ظلم کر رہے ہیں آپ.....یہ کیا ظلم کر رہے ہیں.....میں تو خادم ہوں آپ کا.....نیاز مند ہوں.....آپ کا چھوٹا بھائی ہوں.....آپ کے لئے چوہدری نہیں ہوں.....آپ مجھے میرے نام سے بلائیں.....حکم داد کہہ کر

پکاریں......"

"مہربانی ہے آپ کی.......... میرے لئے تو میرے گاؤں کا ہر فرد میرا بھائی اور محترم ہے"

"جی ہاں .... جی ہاں (چوہدری حکم داد نے چہرے پر ناگواری کے تاثرات کے باوجود لجاجت کا اظہار کیا) پر حضور! مجھے آپ سے سخت گلہ ہے۔ میرا دولت کدہ ہوتے ہوئے آپ یہاں چوپال پر کیا کر رہے ہیں۔ اور آپ کا اپنا غریب خانہ بھی موجود ہے۔"

"سرکار.......... یہ دیکھئے.......... آپ سے کون ملنے آیا ہے (ضعیف العمر بزرگ کو لاٹھی سے پکڑ کے لاتے ہوئے بُوٹا نے دُور سے ہانک لگائی)"

"ارے.......... رے رے.......... اُستاد محترم.......... اُستاد محترم! یہ مجھ سے کیا گستاخی سرزد ہوگئی (وِدُود صاحب چارپائی سے اٹھ کر تیزی سے ماسٹر جمعہ بخش کی جانب لپکے) میں خود قدم بوسی کے لئے حاضر ہوتا!"

"جب مجھے پتہ چلا میرا شہزادہ آیا ہوا ہے تو مجھ سے رہا نہ گیا (رعشہ زدہ ہاتھ وِدُود صاحب کے چہرے پر شفقت سے پھیرتے ہوئے' راز دارانہ لہجے میں) سنا ہے! میری شہزادی بھی آئی ہوئی ہے؟"

"جی.......... جی.......... ارے بھئی جہاں آرا جلدی سے آؤ! میرے اُستاذ' میرے معمار' میرے مربی' میرے مہربان' میرے شفیق بزرگ خود چل کر ہم سے ملنے آئے ہیں۔"

"ارے کیا کرتے ہو بیٹا! ماں' بہو' بیٹی ہماری روایات میں ہمیشہ محترم رہی ہیں.......... میں خود چل کر اُسے پیار دوں گا!"

"جہاں آرا! میں نے زندگی میں جو کچھ حاصل کیا وہ سب ماسٹر صاحب کی جوتیوں کا صدقہ اور انہی کی تربیت کے طفیل ہے۔"

"ارے نہیں نہیں بیٹا! (دُھندلے اور بوسیدہ چشمے کے پیچھے بہتے ہوئے آنسوؤں کو صافے کے پلو سے صاف کرتے ہوئے) کیوں گنہگار کرتے ہو.......... میں کیا' میری تعلیم کیا؟ میں تو ادنیٰ خادم ہوں' اللہ تعالیٰ نے تمہیں بڑی صلاحیتوں سے نوازا ہے۔ یہ سب اُسی کا کرم ہے۔ یقین جانو ستاسی برس کی عمر میں بھی تمہیں دیکھ کر میں پھر سے جوان ہو گیا ہوں' لگتا ہے تمہاری شکل میں میری جوانی لوٹ آئی ہے۔"

"ماسٹر صاحب! آپ جنہیں دیکھ کر جوان ہو رہے ہیں (شرارت سے وِدُود صاحب کی طرف دیکھتے ہوئے) وہ تو خود کو بوڑھا کہتے نہیں تھکتے۔"

(بیگم کو اشارے سے منع کرتے ہوئے) 'ماسٹر صاحب آپ کھڑے کیوں ہیں تشریف رکھئے نا!"

"ہائے .... ہائے .... ہائے .... برادرِ بزرگ آپ نے یہ کیا ظلم کر دیا' میں تو کسی کو منہ دکھانے کے لائق نہیں رہا (گاؤں والوں کی طرف اشارہ کرتے ہوئے) یہ لوگ کیا کہیں گے کہ جس نے مجھے اپنا گھر' بار' زمین' جائیداد سونپ کر مجھے عزت بخشی ہوئی ہے' اپنا گھر ہوتے ہوئے وہ یوں بے گھر بیٹھا ہے؟"

"ارے چوہان صاحب! آپ ناحق پریشان ہو رہے ہیں (آگے بڑھ کر چوہان صاحب سے گلے ملتے ہوئے) پورا گاؤں میرا گھر ہے.......... یقین مانئے ایئر کنڈیشنڈ گھروں' دفتروں اور گاڑیوں میں بیٹھ کر جسم کے مسام بند ہو گئے ہیں' دماغ بوجھل اور دل اُداس ہو گیا ہے۔"

"اچھا چھوڑیئے! سب سے پہلے یہ بتایئے' میرے شہزادوں' ظاہر وِدُود اور باطن وِدُود کا کیا حال ہے' آج کل کیا کر رہے ہیں؟"

بھئی بیگم! آپ بھی تو کچھ بولئے! اب تو آپ بھی اس گاؤں کی اہم فرد ہیں۔"

"ظاہر میاں شکاگو (امریکہ) میں ہیں۔ خیر سے دو بچوں کے باپ ہیں اور Software Engineer ہیں اور بھائی صاحب! باطن میاں خیر سے شادی کے بندھن میں بندھنے کے بعد ٹورنٹو (کینیڈا) چلے گئے ہیں۔ وہاں کی ایک فرم نے انہیں جاب آفر کی تھی۔"

"ماشاءاللہ.......... ماشاءاللہ.......... کس شعبے میں تعلیم حاصل کی ہے باطن میاں نے (ماسٹر جمعہ بخش نے صافے کے پلّو کو پُشت پر ڈالتے ہوئے دریافت کیا۔)

"Mass Communication کی اعلیٰ تعلیم حاصل کی ہے باطن میاں نے! پاکستان میں بھی بڑے تشہیری ادارے میں کام کرتے تھے۔"

"بھائی صاحب! بہت ہو گیا (چوہدری صاحب کھڑے ہوتے ہوئے) باقی باتیں اب ڈیرے پر چل کر ہوں گی۔ میں چلتے وقت کھانے پینے کا بندوبست کرنے کو کہہ آیا تھا۔"

"چوہدری صاحب .... میرا مطلب ہے بھائی حکم داد آپ ہم لوگوں کو مہمان سمجھ کر ہرگز پریشان نہ ہوں' یوں سمجھیں کہ ہم لوگ اب پکے پکے آپ کے بیچ آ گئے ہیں۔"

"نہیں جی! (حیرت سے) ماشاءاللہ.......... ماشاءاللہ' یہ تو بڑی خوشی کی بات ہے۔"

"دھن بھاگ ہمارے اگر آپ یہاں آ جائیں تو ہمیں اور کیا چاہئے۔"

"بیٹا! یہ میں کیا سُن رہا ہوں (کان میں انگلی ڈال کر ہلاتے ہوئے) اگر یہ خبر سچ ہے تو یقین مانو میں یہی خوشخبری سننے کے لئے زندہ تھا۔"

"بھائی صاحب! میری ایک التجا ہے (چوہان صاحب ہاتھ جوڑتے ہوئے) اگر باقی کی باتیں گھر چل کر ہو جائیں تو بچوں کا انتظار ختم ہو جائے گا۔ یقین کیجئے سب لوگ بڑی بے چینی سے آپ کا انتظار کر رہے ہیں۔"

''چوہان بھائی ایک شرط ہے! ہم اکیلے نہیں جائیں گے۔ ماسٹر صاحب، بھائی حکم داد، دینو فیقہ، بوٹا اور یہ پٹواری صاحب بھی آ گئے۔ سب ساتھ چلیں گے۔''

''سو بسم اللہ جی (سینے پر ہاتھ رکھتے ہوئے) سر آکھاں تے۔''

☆

''اور سنا ئیں پٹواری صاحب کیا حال چال ہے، کام دھندا کیسا چل رہا ہے۔''

سرکار! ہم تو آپ کی رعایا ہیں، آپ تو پٹواری صاحب کہہ کر نہ بلائیں۔ مجھے آج بھی اچھی طرح یاد ہے جب آپ ضلع خوشاب کے ڈپٹی کمشنر ہوا کرتے تھے تو آپ ہی کی مہربانی سے مجھے یہ نوکری ملی تھی اور میں تبھی سے آپ کا دیا کھا رہا ہوں۔''

''رحمت علی! رازق اللہ تعالیٰ کی ذات ہے۔ وہ جس کو چاہے نیکی کی توفیق بخشے۔ برخوردار عبدالوُدود نے نجانے کتنے حاجت مندوں کی حاجت روائی کی ہے۔ گاؤں کے کتنے نوجوانوں کو برسرِ روزگار کرایا ہے۔ خدا شاہد ہے کہ اس نے کبھی کسی کے جائز کام کو انکار نہیں کیا۔''

''ہٹو بھئی ہٹو............ یار تھوڑا سا راستہ اس غریب کو بھی دے دو ...... میں نے بھی اپنے صاحب سے ملنا ہے۔''

''آہا............ نورے میاں آئے ہیں............ بھئی نور محمد یہ منہ دیکھے کی تعریف نہیں ہے (ہاتھ کا نوالہ منہ میں رکھتے ہوئے دونوں بازو پھیلا کر نورے کی جانب گامزن) یقین کرو سرکاری ملازمت کے دوران بڑے بڑے شہروں میں تبادلہ ہوا ایک سے ایک ماہر حجام کے اُسترے کے نیچے آنے کا اتفاق ہوا مگر جو لطف تمہارے سامنے سر جھکانے میں آتا تھا وہ کہیں نہیں آیا۔''

''صاحب جی! کیوں شرمندہ کر رہے ہیں۔ میں تو بڑا عاجز اور پینڈو سا بندہ ہوں۔''

''ہیں ...... ہیں ...... تمہارے لئے میں کب سے صاحب جی ہو گیا۔ تم تو میرے جوہڑ اور چھپڑ کے زمانے کے یار ہو، تم تو مجھے وُدود اوئے .... وُدود...... اور پھر...... وُدود بھائی کہا کرتے تھے؟''

''اوہ جی کیا عرض کروں وُدود بھائی صاحب! اپنی پستی اور آپ کی بلندی کے باعث زبان آپ کا نام لینے سے شرماتی ہے۔''

''یار چھوڑو! بلندی اور پستی، انسان سب برابر ہوتے ہیں۔ یہ بتاؤ ہماری تکون کا وہ تیسرا کونہ محمد حسین پوسٹ مین کیوں نہیں آیا؟''

''ہائے ہائے صاحب جی .... کیا غضب کر دیا آپ نے .... کس کی یاد دلا دی۔''

''سب خیریت تو ہے؟ (دائیں ہاتھ سے توڑا ہوا نوالہ چنگیری میں رکھتے ہوئے اور بائیں ہاتھ سے نظر کا چشمہ اُتارتے ہوئے) خدانخواستہ .... محمد حسین ٹھیک تو ہے نا۔''

''کمال ہے! (چوہدری حکم داد نے حیرت کا اظہار کرتے ہوئے) چوہان صاحب نے آپ کو محمد حسین کی فوتگی کی اطلاع نہیں دی۔ اس بیچارے کو تو سال سے اوپر ہو چلا ہے۔''

''چوہان بھائی! آپ اس دوران کئی مرتبہ شہر آئے اور آپ نے میرے عزیز دوست کی موت سے مطلع نہیں کیا۔''

''بس بھائی صاحب! کیا عرض کروں۔ چار، چھ مہینے بعد شہر کا پھیرا ہوتا ہے اس دوران گاؤں میں کئی موت فوت ہوتی ہیں۔ کوئی بات ذہن میں نہیں بھی آتی۔''

''او ہو ہو .... بڑے دکھ کی بات ہے............ مجھے پہلی فرصت میں اس کے گھر جانا چاہیئے .... اور اپنے امام صاحب کا کیا حال ہے اُن کی صحت بھی ٹھیک نہیں رہتی تھی۔''

''مولوی صاحب ٹھیک ہیں سرکار (جھورے ترکھان نے دائیں بائیں والوں کو مونڈھے سے پیچھے کرتے ہوئے) اب جی وہ امامت نہیں کراتے امام صاحب کی جگہ اُن کا بڑا بیٹا شفاعت حسین پیش امام بن گیا ہے۔ بڑی سوہنی قرآت پڑھتا ہے جی۔ بندہ کا کلیجہ باہر آنے لگتا ہے۔''

''اور بھئی اپنے حکیم صالح محمد صاحب کا کیا حال ہے؟''

''میں ٹھیک ہوں سرکار! (مجمع چیر کر آگے بڑھتے ہوئے اُونچی آواز میں)''

''حکیم صاحب! آپ یہاں موجود ہوتے ہوئے نظر تک نہ آئے۔''

''حضور! (محمد بُوٹا نے حکیم صاحب کو ہاتھ سے پکڑ کر آگے لاتے ہوئے) حکیم جی کی نظر ختم ہو گئی ہے۔''

''بسم اللہ............ بسم اللہ............ (ماسٹر جمعہ بخش نے کھڑے ہو کر) حکیم صاحب آپ یہاں میرے ساتھ بیٹھیں''

''حکیم صاحب! آپ تو بڑے مانے ہوئے حکیم ہیں۔ آپ کے پاس تو دس دس، بیس بیس کوس سے چل کر مریض آتے تھے پھر یہ چراغ تلے اندھیرا کیوں؟''

''بس سرکار! سب نصیبوں کا کھیل ہے۔ جتنا نصیب میں لکھا تھا اُتنا دنیا کو دیکھ لیا۔ شہر میں آنکھوں کے ہسپتال میں بھی دکھایا وہ کہتے ہیں کہ پیچھے روشنی ختم ہو گئی ہے اس لئے آپریشن کرانے کا کوئی فائدہ نہیں۔''

''وُدود! میرا خیال ہے کہ آپ سب لوگوں کی موجودگی کا فائدہ اٹھا کر گاؤں آنے کا مقصد بیان کریں۔''

''بسم اللہ .... بسم اللہ .... وُدود صاحب آپ کھل کر فرمائیں۔ ہم ہر طرح سے حاضر ہیں۔ (چوہدری حکم داد نے فخر سے سینہ پھلا کر

کہا۔)‘‘

’’ہاں ہاں .... بھائی صاحب (چوہان صاحب نے تقریباً کھڑے ہوکر) چوپال میں آپ اس سلسلے میں کچھ فرما رہے تھے۔‘‘

’’بھئی میرا خیال ہے کہ بول بول کر کافی تھک گیا ہوں اور جو فیصلہ میں نے کیا ہے اُس میں مجھ سے زیادہ جہاں آرا کی قربانی کو دخل ہے لہذا ہمارے آنے کا مقصد اگر جہاں آرا بیان کریں تو زیادہ بہتر ہے۔‘‘

’’ہمارے گھر کا مالی رزّاق بڑا محنتی اور جفاکش ہے۔ آپ نے تو دیکھا ہے (چوہان صاحب، چوہدری صاحب اور ماسٹر صاحب کی طرف اشارہ کرتے ہوئے) اُس نے ہمارے گھر کو خوبصورت، سرسبز اور شاداب بنا رکھا ہے۔ ایک دن میں اور وُدود صاحب لان میں اُداس بیٹھے تھے کہ رزّاق پھولوں کا خوبصورت گلدستہ بنا کر لایا اور بڑے احترام سے مجھے پیش کرنے لگا۔ اُس وقت میں اپنے بچوں کی جدائی بلکہ بے وفائی پر اتنی دلگرفتہ تھی کہ میں نے رزّاق کو تقریباً جھڑکتے ہوئے کہا......... جن پر ہمارا اور جن کا ان پھولوں پر حق تھا جب وہ نہیں ہیں تو میں ان پھولوں کا کیا کروں۔ یکا یک میرا جواب سن کر رزّاق کا چہرہ باسی پھولوں کی مانند سوگوار ہوگیا۔ وُدود صاحب نے صورتحال کو سنبھالتے ہوئے رزّاق سے کہا......... بھئی بیگم صاحبہ کا مطلب ہے ان پھولوں پر تمہارا بھی اُتنا ہی حق ہے جتنا کہ ہمارا لہذا! یہ تم اپنے بچوں کے لئے لے جاؤ۔ رزّاق کے جانے کے بعد ہم دونوں میاں بیوی میں کافی بحث ومباحثہ رہا۔ وُدود صاحب بچوں کے حق میں اور میں خلاف دلائل دے رہی تھی۔ میرا کہنا تھا کہ ہم نے اپنے بچوں کو کتنی مشکل اور جانفشانی سے پالا، پوسا، پڑھایا، لکھایا، اچھی تربیت کی اُن کی بیاہ شادی کی اُن کی ضرورت کے لئے آسائش کی ہر چیز مہیا کی اور جب ہمیں اُن کی ضرورت محسوس ہوئی تو وہ بھولے بسرے پرندوں کی مانند اپنی اپنی منزل کی جانب روانہ ہو چکے تھے۔ میرا استدلال یہ تھا کہ ہمارے بچوں پر بلکہ تمام ماں باپ پر اپنی اولاد کا جو حق بلکہ قرض بنتا ہے اُس کی ادائیگی کا ہر اولاد کو خیال رکھنا چاہئے۔ یکا یک عبدالوُدود صاحب نے ایک ایسا جملہ کہا کہ میں حیران رہ گئی۔‘‘

’’دیکھئے نا! بات صاف ہے (وُدود صاحب نے کھنکار کر گلا صاف کرتے ہوئے) میرے پردادا اللہ وسایا ایک معمولی کسان تھے۔ ڈیڑھ بیگہ اراضی میں ہل جوت کر انہوں نے نہ صرف پورے خاندان کو پالا بلکہ میرے دادا مولوی خوشی محمد کو دارالعلوم سے فارغ التحصیل کرا کر علم کی روشنی سے آشنا کیا۔ وہی گھرانہ جو چوہدریوں کے سامنے سر اُٹھا کر نہ چل سکتا تھا (چوہدری حکم داد کی جانب کن انکھیوں سے دیکھتے ہوئے جو بیزاری سے پہلو بدل رہا تھا) اُسی خاندان کے فرد کی اقتدا میں وہی لوگ نماز پڑھنے لگے۔ میرے دادا مولوی خوشی محمد نے اپنے والد اللہ وسایا کی روشن کی ہوئی علم کی شمع کو نہ صرف گاؤں کے بچوں کو کلام پاک پڑھا کر پورے علاقے میں علم پھیلایا بلکہ میرے والد ماسٹر غلام رسول کو دینی اور دنیاوی تعلیم دلا کر مدرس بنا دیا۔ میرے دادا کی روشن کردہ شمع کو میرے والد نے نہ صرف پورے علاقے میں پھیلایا بلکہ مجھے اعلیٰ تعلیم دلوا کر میری زندگی کے راستے روشن کئے مگر میں اپنے خاندان کی اس روشنی کو اُس طرح نہ پھیلا سکا جس طرح میرا فرض بنتا تھا۔ میرے بزرگوں نے اپنے بزرگوں کی عطا کردہ روشنی کو نہ صرف لوگوں تک پھیلایا بلکہ زندگی کی آخری سانس تک اُن کی خدمت میں گزار کر (بقول جہاں آرا بیگم) حق اور فرض کی عمدہ طریقے پر ادائیگی کی۔ لہذا ہماری بحث کے دوران یہ سوال میری زبان پر آنا فطری امر تھا اگر ہماری اولاد نے ہمارے حق اور قرض کا خیال نہیں رکھا تو ہم نے کون سا اپنے بزرگوں کے حقوق صحیح طور پر ادا کئے ہیں...... اُسی لمحے ہم دونوں نے یہ فیصلہ کرلیا کہ ہم اس کوتاہی کی تلافی ضرور کریں گے اور زندگی کے بقیہ ایام اپنی زمین اور اپنے لوگوں کی خدمت میں گزاریں گے۔‘‘

’’تو کیا آپ مکمل طور پر گاؤں آگئے ہیں (چوہدری حکم داد نے اپنی پریشانی کو چھپاتے ہوئے) آپ کے شہر والے گھر کا کیا ہوگا وہ تو بڑا قیمتی اور موقعے والا ہے۔

’’موقعے والا ہے تو آسانی سے فروخت بھی ہوسکتا ہے۔‘‘

’’اوہ! بھائی صاحب کی یہ گاؤں کی حویلی کم عالیشان ہے (چوہان صاحب نے خوشی سے ہاتھوں کو نچاتے ہوئے) اور بھابی جان کے یہاں آنے سے تو اُسے اور چار چاند لگ جائیں گے.........آپ فکر نہ کریں بھائی صاحب ہم لوگ کل ہی اپنا کوئی ٹھیا ٹھکانہ کرلیں گے اور میں آج رات ہی شکھیا کو کہہ آؤں گا وہ کل سے بندے لا کر چونا سفیدی شروع کردے گا۔‘‘

’’نہیں چوہان صاحب! آپ کہیں نہیں جا رہے ہم اپنا گھر بنائیں گے اور اپنوں کے بیچ بنائیں گے ہمارا نیا گھر ہمارے شہر والے گھر سے زیادہ خوبصورت، سرسبز اور شاداب ہوگا۔‘‘

’’صاحب جی! نواں سکول بنانے کا پروگرام ہے کیا؟‘‘

’’نہیں بھئی بوٹا! سکول نیا کیوں بنائیں گے پہلے سے موجود سکول کو بہتر کریں گے۔‘‘

’’جھلّے آ! صاحب عبدالوُدود صاحب کوئی چھوٹے موٹے بندے نہیں ہیں جو سکول وسکول بنائیں گے۔ یہ کوئی فیکٹری شیکٹری لگائیں گے وڈّی ساری؟‘‘

’’میرے خیال میں تو برخوردار وُدود کا رُجحان ہسپتال کی جانب نظر آتا ہے نُور محمد‘‘

’’آپ کا خیال بھی غلط ہے ماسٹر صاحب! اللہ نے چاہا ہسپتال نہ سہی تو ڈسپنسری ضرور بن جائے گی مگر ہمارے آنے کا یہ مقصد ہرگز نہیں۔ ہم تو ماضی کی کوتاہیوں کا ازالہ کرنے کے لئے یہاں آئے ہیں‘‘

’’تو کیا (اشتیاق سے چوہدری حکم داد کا منہ کھلا) کھیتی باڑی کا ارادہ ہے جی؟‘‘

''یار محمد بُوٹا! تم بہت دیر سے خاموش کھڑے ہو شائد تمہیں گھر یاد آ رہا ہے؟''

''ہیں صاحب جی.........ایسی تو کوئی بات نہیں۔''

''پر یار! ہمارا تو دل چاہ رہا ہے تمہارے گھر جانے کے لئے.........کیوں چوہان صاحب چلا نہ جائے محمد بُوٹا کے گھر؟''

''جیسے آپ کی مرضی بھائی صاحب'' (حیران ہوتے ہوئے)

''ماسٹر صاحب اور چوہدری صاحب' میری خواہش ہے کہ آپ بھی بلکہ سبھی لوگ ہمارے ساتھ محمد بُوٹا کے گھر چلیں''

''اچھا جناب (بیزاری سے کھڑے ہوتے ہوئے) جس طرح آپ کی مرضی' چلے چلتے ہیں۔

☆

''چوہدری صاحب! کتنا رقبہ ہو گا کُل یہاں کا؟''

''بُوٹے کے گھر کا جی.........؟''

''نہیں نہیں.........میرا مطلب قبرستان کے رقبے سے ہے''

''یہ جی.........کوئی (چاروں طرف حیرانی و پریشانی کے ملے جُلے تاثرات سے ہاتھ نچا کر دیکھتے ہوئے) ایک کلّہ جگہ ہونی چاہئے.........ہوسکتا ہے کچھ کم بڑھتی بھی ہو جائے''

''ہوں.........کیا قیمت ہونا چاہئے اس کی.........؟''

''ہیں جی.........توبہ توبہ.........کیسی باتیں کر رہے ہیں بندہ پرور.........''

''آپ سب میرے بزرگ .... دوست اور عزیز ہیں.........ہوسکتا ہے میری بات وقتی طور پر آپ کو عجیب لگے مگر میں' اپنا شہر والا گھر بیچ کر اس قبرستان کی زمین کی قیمت ادا کرنا چاہتا ہوں جس کے بعد میں اس کے ایک گوشے میں رہائش اختیار کر کے اِس قبرستان کو بھی انسانوں کی بستی میں تبدیل کرنا چاہتا ہوں جو صاف ستھرا بھی ہو......سرسبز شاداب بھی.........پُرامن اور پُرسکون بھی .... جہاں کھلنے والے پھول بے مصرف نہ ہوں.........شائد.........اِس سے اُس قرض کا کچھ حصہ ادا ہو سکے جو میں یہاں مدفون اپنے بزرگوں کی زندگی میں ادا کرنے سے قاصر رہا.........بالآخر یہ بستی انسانوں کی ہے اور اس میں بسنے والے بھی انسان ہی ہیں.........ہم سے بہتر' برتر اور عظیم انسان ...... بھلے ہی خاموش .... ہیں تو انسان !.........کتنا لُطف ہے اُس قرض کی ادائیگی میں جو بن مانگے ادا کیا جائے......... چاہے ہی بے وقت کیوں نہ ہو......ویسے بھی انسانوں کی بستیاں آج کل جس سفّا کی سے ملبے کا ڈھیر بنائی جا رہی ہیں اُس کے بعد تاریخ کی امانت یہ خاموش بستیاں ہماری توجہ کی پہلے سے زیادہ مستحق ٹھہرتی ہیں۔

☆

رسالہ 'چہار سو' سے منتخب شدہ افسانوں کا مجموعہ

محبت کے افسانے

(بین الاقوامی ایڈیشن)

منظر عام پر آچکا ہے